SV

Band 1174 der Bibliothek Suhrkamp

Emmanuel Bove
Die Falle

Roman

Aus dem Französischen
von Bernd Schwibs

Suhrkamp Verlag

Titel der 1945 veröffentlichten Originalausgabe:
Le piège

Erste Auflage 1996

Druck: Nomos Verlagsgesellschaft, Baden-Baden
Printed in Germany

Die Falle

KAPITEL 1

Seit Bridet in Lyon war, suchte er ein Mittel, nach England zu kommen. Es war nicht leicht. Er verbrachte seine Tage damit, überall hinzulaufen, wo die Aussicht bestand, auf Freunde zu stoßen, die er noch nicht wiedergesehen hatte. Regelmäßig besuchte er die Brasserie nahe dem großen Theater, wo sich die Journalisten trafen, die sich, wie es hieß, zurückgezogen hatten, er ging die Rue de la République auf und ab und suchte auf den Terrassen der Cafés nach bekannten Gesichtern, mehrmals am Tag kehrte er ins Hotel zurück, in der Hoffnung, dort einen Brief, eine Verabredung, kurz: ein Lebenszeichen von draußen vorzufinden.

Doch in diesem Gewühl, das über die Stadt hereingebrochen war, inmitten der Schwierigkeiten, die ein jeder zu bewältigen hatte, unter all diesen Leuten, die in Paris, auch wenn sie sich kannten, nicht miteinander verkehrten, war kein Platz für das geringste Solidaritätsgefühl. Man gab sich die Hand, war bemüht, bei der zehnten Begegnung noch genauso erfreut auszusehen wie bei der ersten, fühlte mit in der Riesenkatastrophe, tat so, als ob man glaube, daß Unglück eher vereint als trennt, aber sobald man nicht mehr von der allgemeinen Not sprach und versuchte, jemanden speziell für den eigenen kleinen Fall zu interessieren, fand man sich vor einer Mauer.

Abends kehrte Bridet erschöpft zurück. Da die Hotels nur für Durchreisende bestimmt waren, mußte er, um sein Zimmer behalten zu können, jede Woche seine Abreise vortäuschen. »Es ist schon grotesk«, dachte er, »daß ich nach drei Monaten immer noch kein Mittel gefunden habe mich abzusetzen. Das wird regelrecht gefährlich.« Allmählich ahnten alle, daß er weg wollte. Nichts enthüllt unsere Absichten besser als anhaltendes Unvermögen. Wer immer nur verlangt, ohne zu bekommen, der vermittelt am Ende den Eindruck dessen, dem nie etwas gelingt, der zu jener etwas lächerlichen Kategorie von Menschen gehört, deren Wünsche zu groß sind für die eigenen Möglichkeiten.

Am 4. September 1940 wachte Bridet früher auf als gewöhnlich. Er bewohnte im Hôtel Carnot ein kleines Zimmer, Nr. 59, das letzte. Es ging auf die Place Carnot, gegenüber dem Bahnhof Perrache. Die ganze Nacht hatte er das Kommen und Gehen gehört. Nie waren die Franzosen so viel gereist. Vor Tagesanbruch hatte er die ersten Straßenbahnen gehört. Das Leben ging also weiter wie gehabt! Es gab also noch Arbeiter, die zur Arbeit gingen! Und dieses geregelte Leben, das von den rangierenden Waggons im Morgengrauen und dem Kreischen der Eisenräder auf den Schienen heraufbeschworen wurde, hatte etwas Trostloses.
Die Sonne war aufgegangen, aber sie war noch nicht über die Häuser auf der anderen Seite des Platzes gestiegen, und die Strahlen, die auf nichts ruhten, sich einfach im Raum ausbreiteten, gaben dem Himmel etwas Frühlingshaftes. Plötzlich setzte sich an die Decke ein fahles goldgelbes Licht. Bridet erinnerte sich an Ferienmorgen, und ihm zog sich das Herz zusammen. So schön war das Leben noch immer. Auch er hatte Lust zu reisen. Aber was würde er in Avignon, in Toulouse, in Marseille Besseres finden? Man erstickte überall. Wo man auch hinging, man fühlte sich von einer immer zahlreicher auftretenden Polizei erdrückt. Zu jedem Polizisten kam ein weiterer, manchmal sogar in Zivil, der in seiner Eile, den Dienst anzutreten, nicht abgewartet hatte, bis man ihm eine Uniform gab.

»Es widert mich an, aber ich muß wohl Basson aufsuchen«, murmelte Bridet. Tag für Tag sagte er sich, er müsse nach Vichy gehen. Er ärgerte sich über sich selbst, weil er zu lange gewartet hatte. Den ganzen Sommer hatte er sich in den Dörfern des Puy-de-Dôme, der Ardêche, der Drôme herumgetrieben, in der Hoffnung auf irgend etwas – was, wußte er selbst nicht –, und jetzt hatte er das Gefühl, daß das, was er in dem Durcheinander nach dem Waffenstillstand umstandslos hätte tun können, täglich schwieriger wurde.

Er hatte Freunde, Basson zum Beispiel. Der würde ihm irgendeinen Auftrag verschaffen, einen Paß. War er erst einmal aus Frankreich heraus, würde Bridet sich schon durchschlagen. England war schließlich nicht unerreichbar.

»Ich muß unbedingt zu Basson«, sagte er sich ein ums andere Mal. Er müßte nur seine wahren Absichten verbergen. Er würde jedem sagen, daß er sich in den Dienst der Nationalen Revolution stellen wolle.

»Wird man mir glauben?« fragte er sich. Ihm kam in den Sinn, daß er viel geredet, daß er unverblümt gesagt hatte, was er dachte, daß es ihm sogar heute noch passierte, daß er seinen Mund nicht halten konnte. Bislang war diese Redseligkeit offenbar folgenlos geblieben, aber nun auf einmal, wo es zu handeln galt, kam es ihm vor, als würde alle Welt seine Pläne kennen. Um sich wieder Mut zu machen, überlegte er, daß die Leute einen im Grunde nicht nach dem beurteilen, was man gesagt hat – schließlich haben sie selbst so manches gesagt –, sondern nach dem, was man im gegenwärtigen Augenblick sagt. Er mußte nur voll und ganz für den Marschall eintreten. Das war ein wunderbarer Mann. Er hatte Frankreich gerettet. Ihm war zu danken, daß die Deutschen Achtung für uns hatten. Sie überstanden ihren

Sieg. Wir – wir überstanden unsere Niederlage, was unseren beiden Völkern ermöglichte, fast von gleich zu gleich miteinander zu sprechen. Das genau mußte man sagen. Einem Fanatiker gegenüber konnte man sogar noch weiter gehen. Würde jeder Franzose sich im Innersten prüfen, wäre er ehrlich gegen sich selbst, müßte er zugeben, daß er bei der Unterzeichnung des Waffenstillstands eine ungeheure Erleichterung empfunden hatte.

»Ihr wart auf den Landstraßen, und nun seid ihr zu Hause«, hatte der Marschall gesagt. Bridet mußte nur dasselbe sagen. Er sollte keine Skrupel haben, solche Menschen zu hintergehen. Er durfte ihnen alles mögliche erzählen. Später, wenn er zu de Gaulle gestoßen wäre, würde er sich schon aus der Affäre ziehen.

Nachdem er sich angekleidet hatte, verließ er das Hotel. Hundert Meter weiter betrat er ein anderes Hotel, um seiner Frau die gewohnte morgendliche Stippvisite abzustatten.

Den großen Zentralspiegel verbarg das berühmte Plakat mit der Trikolore, in deren Mitte der Kopf des Marschalls prangte, fast in Dreiviertelprofil, in demonstrativer Schlichtheit mit einem gestärkten abknüpfbaren Kragen, einem Käppi mit kerzengeradem Sitz und jenem Ausdruck abgrundtiefer Biederkeit, leichter Bitterkeit, Festigkeit, gepaart mit Güte, den schlechte Künstler so gekonnt wiederzugeben vermögen.

Yolande hatte ebenfalls ein Zimmer gefunden. Es war, wie das ihres Mannes, zu klein, als daß zwei darin hätten schlafen können. Bridet war damit gar nicht so unzufrieden. Er befand sich in einem solchen Zustand der Niedergeschlagenheit, daß er es vorzog, allein zu sein. Er hatte seine Frau sehr geliebt, aber seit dem Waffenstillstand hatte er sich ihr,

ohne daß ihm dies richtig klar wurde, ein wenig entfremdet. Sie hatte plötzlich Launen und Wünsche, die nicht mehr die seinen waren. Die Katastrophe hatte auch sie schwer getroffen, und nun schien sie zu entdecken, daß es im Leben wichtigere Dinge gab als häusliche Eintracht.
Sie machte sich jetzt Sorgen um ihre Familie, die in Paris zurückgeblieben war – sie, die sich jahrelang nicht um sie gekümmert hatte. Sie konnte es kaum erwarten, Leute wiederzusehen, die ihr bisher gleichgültig gewesen waren. Unaufhörlich redete sie von ihrem kleinen Modegeschäft in der Rue Saint-Florentin, von ihrer Wohnung, so als hätte sie dort allein gelebt. Bridet hatte gespürt, daß er in ihren Augen nach und nach wohl nicht zu einem Fremden, aber doch zu einem jener Wesen geworden war, die man ein wenig vernachlässigt, da sie trotz der Liebe, die sie uns entgegenbringen, nichts für uns tun können. Und im Grunde seines Herzens fand er, daß sie recht hatte, wenn sie ihn so einschätzte. Tatsächlich konnte er nichts für sie tun. Solange es eine Armee gegeben hatte, deren Teil er war, hatte er seine Frau verteidigt. Jetzt verteidigte er sie nicht mehr. Er konnte nicht an ihrer Stelle um einen *Ausweis* nachsuchen, konnte weder ein schlichtes Zimmer noch ein Taxi für sie auftreiben, konnte ihrer Familie in Paris kein Geld schikken, konnte sich nicht um das Geschäft kümmern, er konnte überhaupt nichts tun. Sie wußte es, und ganz sachte gewöhnte sie sich daran, sich nur auf sich selbst zu verlassen.
Er setzte sich neben sie. Bislang hatte er nicht die kleinste Andeutung gemacht, daß er beabsichtigte wegzugehen.
– Hör mal, Yolande. Ich muß ernsthaft mit dir reden.
Sie schaute ihn an, offenbar ohne zu bemerken, daß er ernster war als sonst. Die Hotelhalle war voller Menschen.

Man hätte leise sprechen, sich dauernd umdrehen müssen.
– Komm mit da rüber, sagte Bridet. Da sind wir ungestörter.
Yolande erhob sich. Sie gingen in den hinteren Teil der Hotelhalle und setzten sich dort nebeneinander.
– Ich hab mir die ganze Nacht Gedanken gemacht. Ich muß zu Basson.
Yolande schwieg. Bridet erhitzte sich. Er hatte jetzt genug. Er bedauerte, daß er es nicht früher getan hatte. Jetzt war seine Entscheidung gefallen. Er würde zu Basson gehen. Er würde den Eindruck vermitteln, als spräche er ganz offen mit ihm. Er würde ihm erzählen, daß er den Marschall bewundere ... Er würde ihn um Beistand bitten. Basson war ein alter Kamerad. Er würde ihm die Bitte nicht abschlagen. Aber wir sagen so vieles, wenn wir unzufrieden und elend die Monate zusammen hinbringen, wir schmieden so viele Pläne, ohne daß unser Leben sich im geringsten ändert, daß wir dann, wenn wir eine Entscheidung getroffen haben, plötzlich merken, daß keiner Grund hat, sie ernstzunehmen.
– Du bist verrückt! sagte sie.
Bridet antwortete ihr, daß er sich die Sache gut überlegt habe.
– Ich bewundere den Marschall, wiederholte er mit lauter Stimme.
– Niemand wird dir glauben, flüsterte ihm Yolande ins Ohr. Du meinst wohl, daß die Menschen blöd sind. Man wird dich verhaften. Alle wissen, was du denkst. Du hast es oft genug ausgeplaudert. Warum bist du so starrköpfig? Was hast du dagegen, daß wir nach Paris zurückkehren?

Während Bridet weiterhin ziellos kreuz und quer durch die Stadt lief, fragte er sich jetzt, ob er wirklich zu Basson gehen sollte oder nicht. Bestimmte Komödien kann man nicht spielen, selbst wenn die eigene Zukunft davon abhängt. Wir können nicht von den Leuten, die wir hassen, gleichzeitig sagen, daß wir sie lieben. Täten wir es, man würde bemerken, daß wir lügen. Was also tun? Nach Paris zurückkehren? Yolande folgen? Beim Überqueren der Demarkationslinie den Boches artig die Papiere vorzeigen? Zusehen, wie überall das Hakenkreuz über einem menschenleeren Paris wehte? Yolande meinte, der Umstand, daß man Hüte an Deutsche verkaufe, die diese dann ihren Frauen schickten, sei einer Französin nicht unwürdig. Sie würde viel Geld verdienen, und er, der immer behauptet hatte, keine Ruhe zum Schreiben eines Buches zu haben, nun, dann hätte er sie ... Es war widerlich.
Und doch liebte Yolande ihn. Sie war bereit, für ihn Dinge zu tun, die sie früher nie getan hätte. Sie fand, daß es jetzt an den Frauen sei, die Hauptrolle zu spielen, sich in den Vordergrund zu stellen und dafür zu sorgen, daß die Männer vergessen wurden, um sie für den Tag zu schonen, an dem sie in der Lage sein würden, erneut zu den Waffen zu greifen.
Am Abend in seinem Zimmer spürte Bridet, daß er Fieber hatte. Er glühte. Von Zeit zu Zeit meinte er zu frösteln. Aber er fröstelte nicht. Dieser unangenehme Zustand ähnelte einem anderen, der vor einem Monat zum erstenmal aufgetreten war. Ständig war ihm, als überkomme ihn ein Schwindel. Mit den Augen suchte er immer schon nach einer Bank, einem Stuhl. Aber er hatte keinen Schwindelanfall – ohne daß es ihm deshalb besser gegangen wäre.
Draußen hatte der Mistral mit ungewöhnlicher Stärke zu

blasen begonnen. Schirokko, Mistral, Föhn, all diese gefürchteten Winde haben etwas, was sie von den gewöhnlichen Winden unterscheidet: plötzlich beginnen in einem stillen Haus Schranktüren, Fenster, die auf kleine Höfe gehen, beginnen sogar Gegenstände, die geschützt zu sein schienen, zu beben.
Bridet nahm geheimnisvolle Geräusche wahr. »Was tun?« fragte er sich. Er glaubte hinter der Tür jemanden zu hören. Er dachte unwillkürlich an Basson. Es gehört wohl zu den unangenehmsten Dingen, die einem stolzen Menschen widerfahren können: von einem Freund abzuhängen, dem man die kalte Schulter gezeigt hat, an den man niemals geglaubt hat und dem die Ereignisse dadurch, daß sie unser Schicksal in seine Hände legen, recht zu geben scheinen gegen uns. Endlich schlief Bridet ein. Am nächsten Morgen nahm er den Zug.

KAPITEL 2

Das Büro Paul Bassons lag in einem Zimmer des Hôtel des Célestins. An den zwei Fenstern hingen Vorhänge aus weißem Musselin. Paul Basson war seit einem Monat bei der Obersten Leitung der Nationalen Polizei. Als Bridet eintrat, erhob er sich und gab seinem einstigen Kameraden aus gemeinsamer Studien- und Journalistenzeit die Hand.
Bridet überkam in diesem Augenblick jenes Gefühl von Beklommenheit, das uns befällt, wenn wir jemanden, den wir früher ebenso abhängig wie uns selbst erlebt haben, nun plötzlich als tatkräftige und einflußreiche Person vor uns stehen sehen. Der Schreibtisch war frei von Papieren und

Akten, lediglich eine Kristallvase mit einem Nelkenstrauß stand da. Bridet nahm in einem Sessel Platz. Nie hatte Basson etwas zur Verschönerung seines Junggesellenzimmers getan, und jetzt erfüllte Blumenduft sein Polizeibüro. Diese Einzelheit offenbarte einen beunruhigenden Geisteszustand.

– Ich bin zu dir gekommen, sagte Bridet, um dich um eine Unterstützung zu bitten.

– Das ist ganz normal. Wie geht's dir?

– Nicht so übermäßig.

Basson warf einen Blick hinaus auf den Rasen und die Bäume des Parks. Unglaublich, daß der Waffenstillstand noch keine vier Monate alt war. Wie ein couragierter Witwer hatte er sein Leben neu gestaltet. Das Haus war noch ganz frisch. Man fühlte sich darin wie in einer Ausstellung, am Vorabend ihrer Eröffnung. Das war nach einem derart großen Unglück natürlich.

– Es handelt sich um Folgendes, sagte Bridet. Ich möchte meinem Land dienen. Ich möchte nützlich sein. Der Marschall hat unsere Geschicke in die Hand genommen. Wir haben kein Recht mehr, uns zu fragen, ob wir den, der uns regiert, mögen oder nicht mögen. Wir müssen ihn nehmen, wie er ist. Was mich betrifft, ich bin überzeugt, daß Pétain uns retten wird.

In diesem Augenblick ließ Basson einen unerwarteten Anflug von schlechter Laune erkennen. Er warf zwei oder drei Worte hin, hielt inne, sagte schließlich mit großer Kälte:

– Sprich nicht vom Marschall.

Bridet schaute ihn verblüfft an.

– Weshalb?

– Diese Bemerkung erlaube ich mir dir gegenüber. Sprich niemals vom Marschall. Sag niemals, daß man ihm folgen müsse. Man wird sonst nämlich glauben, du seiest gegen ihn. Und das wäre mir sehr unangenehm.

Bridet begriff, daß er sich ungeschickt verhalten hatte. Damit, daß er Basson aufgesucht hatte, war klar, daß er für die Regierung war. Jede Erklärung war überflüssig und schmeckte nach Rechtfertigung.

Basson nahm hinter seinem Schreibtisch Platz.

– Was erwartest du von mir? fragte er, als sei nichts geschehen.

– Ich weiß nicht mehr, was ich sagen soll ... Ich wollte nichts Falsches sagen ...

– Ich bitte dich, lassen wir das. Was erwartest du von mir?

– Wie gesagt, ich möchte meinem Land dienen. Und ich habe mir gedacht, vielleicht könnte man mich nach Marokko schicken, um daran zu arbeiten, zwischen der Metropole und den Kolonien die Bindungen, wie man so sagt, enger zu knüpfen.

– Was heißt: »Wie man so sagt«?

– Ich weiß nicht. »Die Bindungen enger knüpfen« ist doch ein gängiger Ausdruck. »Wie man so sagt« – nimmst du daran Anstoß?

– Und warum gerade Marokko?

– Nach Marokko oder irgendwo anders hin. Mir ist das egal.

– Du willst weg?

– Nein. Ich habe nur den Eindruck, hier nicht von Nutzen zu sein.

– Du täuschst dich. Du kannst sehr nützlich sein. Wir haben eine Riesenaufgabe zu erfüllen. Zum Wiederaufbau Frankreichs werden wir nie genug sein.

– Ich bin deiner Meinung.

– Du und meiner Meinung!

– Ja.
Basson betrachtete seinen Freund wie ein Pfarrer einen Straßenkomödianten.
– Ich wußte gar nicht, daß dir die Zukunft des Vaterlands so am Herzen liegt, fuhr Basson fort.
– Das war früher nicht so, aber seitdem sind Ereignisse eingetreten, die mich verändert haben.
– So, du willst also Frankreich wiederaufbauen.
– Ich will tun, was ich kann.
– Im Grunde weißt du nicht so recht, was du machen willst.
– Du magst recht haben ...
– Aber eines weißt du: du willst Frankreich verlassen.
– Nein.
– Du hast es gerade selbst gesagt.
– Ich habe gesagt, daß ich meinem Land dienen möchte.
Basson hielt einen Minenklemmstift zwischen den Fingern. Er zeichnete Großbuchstaben auf ein Kuvert. Während er sprach, schien er von dieser Beschäftigung ganz in Anspruch genommen.
– Du willst wirklich deinem Land dienen?
– Selbstverständlich. Wollte ich es nicht, wäre ich nicht zu dir gekommen. Ich hätte ruhig im Berry leben können, bei meiner Mutter.
Das Argument schien auf Basson Eindruck zu machen.
– Du willst also ins Ausland, sagte er.
– Ich glaube, daß es im Interesse der Regierung ist, zuverlässige Leute in die Kolonien zu schicken.
Basson zeichnete noch immer.
– Und Yolande?
– Sie ist in Lyon. Wir sind beide in Lyon. Ich habe es dir bereits gesagt.

– Wird sie mit dir gehen?
– Oh, ich glaube nicht. Sie besitzt ja, wie du weißt, einen Laden. Sie will nach Paris zurück.
– Und du, du willst nicht?
Bridet merkte, daß er erneut lügen mußte.
– Vielleicht doch, wenn ich mich bei meiner Mutter langweile und nicht wegfahre.
– Was ich nicht verstehe: warum arbeitest du nicht an einer Zeitung mit? Sie sind doch alle in Lyon.
Während er sprach, schloß Basson mehrfach die Augen, als schmerzten sie ihn.
– Das widert mich etwas an, sagte Bridet. Alle diese Zeitungen treiben ein Doppelspiel.
Basson hob zum ersten Mal den Kopf.
– Was willst du damit sagen? fragte er.
Bridet wagte es nicht, den Marschall zu erwähnen.
– Sie sind nicht ehrlich, gab er zur Antwort.
– Du willst sagen, daß sie vorgeben, mit uns zu sein, es aber nicht sind.
– Genau.
– Und das widert dich an?
– Natürlich. Sonst wäre ich nicht in deinem Büro.
– Das widert dich wirklich an?
– Ich sagte es.
– Ja, ich weiß, man kann es sagen.
Bridet wurde es ungemütlich. Er schaute um sich. Würde er danach hinausgehen dürfen? War dieses Büro nicht das eines Chefs der Polizei? War Basson wirklich ein Freund?
– So, du willst also nach Marokko? fragte letzterer.
– Ja, ich will nach Marokko, antwortete Bridet mechanisch. Hätte er vorhin nicht nachdrücklicher sagen müssen, daß er für Pétain war? Bassons Bemerkung hatte ihn abbrechen

lassen. Er spürte, daß Worte hier wertlos waren. Ein wenig ähnelte es einer Gerichtsverhandlung. Und doch mußten die Dinge klargestellt werden.

– Du hast mir vorhin gesagt, fuhr Bridet fort, daß es dir unangenehm ist, wenn ich von Pétain rede. Du vergißt allerdings, daß wir uns lange nicht gesehen haben. Du weißt nicht, was ich denke. Und ich möchte, daß du es weißt.

Basson lächelte.

– Ich stelle fest, daß du nervös bist.

– Wie auch nicht. Du scheinst mir zu mißtrauen.

– Ich dir mißtrauen? Das hast du dir eingebildet. Du kannst dir doch wohl vorstellen, daß du nicht hier in meinem Büro wärst, hätte ich den geringsten Zweifel an deiner Aufrichtigkeit.

Bridet spürte, wie sich sein Magen zusammenzog. Instinktiv lächelte er zurück.

– Du hast recht. Ich bin nervös. Ich habe eine Menge Ärger gehabt ...

– Ja, und was für welchen! Ich kenn mich da aus.

Basson erhob sich. Als ob er sich daranmachte zu gehen, steckte er Zigaretten und Feuerzeug ein. Dann setzte er sich wieder. Bridet erhob sich seinerseits.

– Geh noch nicht, sagte Basson. Ich muß dir etwas Wichtiges sagen.

Bridet setzte sich wieder. Er schaute seinen Freund leicht beunruhigt an.

– Etwas sehr Wichtiges, fuhr Basson fort.

– Worum geht es? fragte Bridet

– Ich möchte dir einen Rat geben, den Rat eines Freundes.

– Du willst mir einen Rat geben?

– Ja. Und der Rat lautet: Paß auf.

Bridet spürte, wie es in seinem Mund plötzlich bitter schmeckte.

– Warum? fragte er mit dem Anschein tiefsten Erstaunens.

– Ich sage es dir noch einmal: Paß auf.

– Aber warum denn?

– Paß auf und spiel nicht den Dummen.

– Gibt es irgendeine Gefahr?

– Dir wird etwas zustoßen.

– Mir?

– Ja dir.

– Was? Warum?

– Du bist intelligent genug, um mich zu verstehen. Jetzt sprechen wir mal von was anderem. Will dich Yolande hier nicht treffen?

– Was stößt mir zu? Du mußt mir sagen, worum es geht.

– Nein, nein, sprechen wir von Yolande.

In diesem Augenblick erklang das dumpfe Läuten des Haustelefons. Basson sprach eine Weile und machte dabei, so als würde Bridet ihn unterbrechen, mehrfach Zeichen, er möge nicht weiter auf ihn eindringen, er werde ihm nichts sagen.

– Lassen Sie ihn eintreten, sagte er schließlich, bevor er den Hörer auflegte.

Dann wandte er sich erneut Bridet zu und fuhr fort:

– Ich muß jemand empfangen. Sei so gut und warte kurz draußen im Salon. Ich laß dich rufen, sobald ich wieder frei bin.

– Du erklärst mir dann, was du gemeint hast.

– Nein, nein, ich hab's dir schon gesagt, wir werden über Yolande reden, über unsere Freunde, über alles, aber nicht über Politik.

– Ist es wegen der Politik?
– Frag mich nicht, ich will dir nicht antworten.

Bridet setzte sich in den Salon, wo bereits vier oder fünf Personen warteten. Seine Stirn war schweißgebadet. Seine Hände zitterten leicht. Er legte sie auf seine Oberschenkel, um es zu verbergen. Sie zitterten weiter. Er verbarg sie unter seinem Hut. Was wollte Basson nur sagen? So fragte er sich unaufhörlich.
»Ich habe nichts getan«, dachte er. »Sicher, ich habe vielen Leuten gegenüber die Andeutung gemacht, daß ich nach England gehen wollte, aber das wollten diese Leute auch. Und letztlich sind es gar nicht so viele. Vielleicht ein Dutzend. Selbst wenn es Gerüchte über mich geben sollte, eine Akte, hätte Basson, der meinen Besuch nicht erwartete, keinen Grund gehabt, sie einsehen zu wollen. Vielleicht hat man ihm gesagt, ich sei Gaullist. Aber keiner könnte ihm einen Beweis dafür vorlegen. Ich selbst habe nie klar geäußert, ich sei Gaullist. Ich habe gesagt, daß ich nach England gehen wolle, um mich den Freien Französischen Streitkräften anzuschließen. Das war alles. Basson hat wohl eher gespürt, daß ich nicht für den Marschall bin. Als er sagte, mir würde etwas zustoßen, wollte er mir sicher zu verstehen geben, daß ich meine Zeit verschwende, wenn ich mich für jemand ausgebe, der ich nicht bin, daß das nicht hinhauen würde und daß ich mit dieser Komödie letztlich mir selber einen üblen Streich spielen würde. Vielleicht glaubt er, ich wollte Vichy ausspionieren. Oder – und das wäre dann allerdings sehr viel schlimmer – er, Basson, ist im Grunde seines Herzens Gaullist. Er hat mir zu verstehen geben wollen, daß mich meine Begeisterung für die Nationale Revolution einmal teuer zu stehen kommen könnte.«

Bridet mochte sich noch so sehr den Kopf zerbrechen, ihm blieb ein Rätsel, worauf Basson angespielt hatte.
»Ich werde ihn gleich nachher fragen und solange auf ihn eindringen, bis er mir antwortet, und wenn er mir nicht antworten will, dann ist eben Schluß zwischen uns. Ich finde schon etwas anderes, um wegzukommen. Niemand ist unentbehrlich.«
Bridet war noch in Gedanken, als ein noch ziemlich junger Mann ohne Kopfbedeckung in den Salon trat.
– Monsieur Bridet? fragte er.
– Das bin ich, sagte Bridet und richtete sich auf.
– Wenn Sie mir bitte folgen wollen, fuhr der junge Mann fort.
– Sicher, sagte Bridet, recht stolz, vor den Personen, die vor ihm gekommen waren und warteten, drangenommen zu werden.
– Ist Monsieur Basson fertig? fragte Bridet auf dem Gang.
– Ich habe ihn nicht gesehen.
– Wie? Hat nicht er Sie geschickt? fragte Bridet, den plötzlich ein Zittern befiel.
– Ich weiß nicht.
– Wohin gehen wir denn dann? Ich darf mich nicht entfernen. Monsieur Basson erwartet mich.
– Wir gehen nicht weit, zur Abteilung Algerische Angelegenheiten.
– Ah, gut, sagte Bridet und tat unwillkürlich einen tiefen Seufzer.
Jetzt klärte sich alles auf. Basson war also doch ein echter Freund. Er hatte ihm etwas Angst eingejagt, einfach so, aus Jux und Tollerei. Bridet erinnerte sich in diesem Augenblick, daß Basson sich schon immer so verhalten hatte. Er lehnte gern ab, worum man ihn bat, machte gern den Ein-

druck des Zaudernden, verbreitete die Aura des Geheimnisses um sich, und dann, wenn man gar nicht mehr mit ihm rechnete, merkte man, daß er weit mehr getan hatte als ursprünglich erwartet. Offensichtlich hatte er sich nicht geändert. »Paß auf, dir wird etwas zustoßen, warte auf mich im Salon ...« Und dann erledigte er, was zu erledigen war.

Bridet und der Büroangestellte folgten einem langen, von Türen unterbrochenen Gang, an denen Nummern aus Emaille prangten. Als eine der Türen sich öffnete, sah man Beamte, Schreibmaschinen und an den Wänden riesige Stapel Papiere und Akten, die den ganzen Rückzug mitgemacht hatten; sicher fehlten wichtige Stücke.

– Treten Sie ein, Monsieur, sagte der Büroangestellte, während er die Tür öffnete und mit einer etwas mechanischen Höflichkeit zurücktrat.

Bridet fand sich in einem Zimmer mit einem beigen Teppichboden wieder. Es gab nichts außer einem Tisch und einem Stuhl.

– Nehmen Sie Platz, Monsieur, ich schaue nach, ob der Abteilungsleiter Sie empfangen kann.

– Welcher Abteilungsleiter? fragte Bridet.

– Monsieur de Vauvray, der Abteilungsleiter.

– Ah, ja, gut, ich nehme Platz, sagte Bridet, den erneut ein Gefühl des Unwohlseins überkam.

Einige Minuten verstrichen.

»Einiges ist mir bei der ganzen Sache nicht ganz klar«, dachte Bridet. »Basson hat mich gebeten, im Salon auf ihn zu warten, während er einen Besucher empfing. Woher hat er die Zeit genommen, mit diesem Monsieur de Vauvray zu sprechen? Das geht alles etwas sehr rasch, finde ich.«

Eine Verbindungstür zum Nebenzimmer öffnete sich, und der Büroangestellte gab, ohne näherzutreten, Bridet ein

Zeichen zu kommen. Dieses andere Zimmer war sehr viel größer und sah nach einem Privatbüro aus.
Monsieur de Vauvray, denn das war sicher er, stand mit dem Rücken zur Tür. Er hatte die Hände in den Taschen. Er schaute aus dem Fenster, als ob er, aus Schüchternheit oder aus Furcht, verlegen zu erscheinen, es vorzog, seine Besucher erst zu sehen, wenn sie sich seinem Schreibtisch genähert hatten.
– Herr Direktor, hier ist Monsieur Bridet, sagte der Büroangestellte.
Er drehte sich um, machte das überraschte Gesicht desjenigen, der kein Geräusch gehört hat, nahm die Hände aus den Taschen und kam seinem Besucher mit einem Lächeln entgegen.
– Ah, da sind Sie ja, sagte er. Ich bin entzückt, Ihre Bekanntschaft zu machen. Setzen Sie sich doch und genehmigen Sie sich eine Zigarette.
Sich dem Büroangestellten zuwendend, ergänzte er:
– Sie können gehen.
Der Direktor war jung, höchstens 25 Jahre, aber anders als die Beamten dieses Alters nahm er sich offensichtlich nicht allzu ernst. Er war ungezwungen, gut erzogen, man hatte das Gefühl, daß er in seiner Umgebung als Original durchging. Das war beruhigend.
– Ich bin glücklich, Monsieur, Sie kennenzulernen, wiederholte er, und dieses Mal skandierte er seine Worte mit Gesten, die ihre Bedeutung unterstreichen sollten.
– Ich auch, Monsieur, sagte Bridet.
– Unser Freund Basson hat mir des längeren von Ihnen erzählt. (Wann? fragte sich Bridet erneut.) Es ist wohl nicht nötig, wenn ich Ihnen sage, daß ich vollständig zu Ihrer Verfügung stehe, aber Sie sollten von Anfang an wissen, daß

Marokko nicht dem Innenministerium untersteht, sondern dem Außenministerium. Wenn Ihnen daran liegt, nach Algerien zu gehen, müssen Sie sich an mich wenden. Und in diesem Fall, ich wiederhole es, stehe ich ganz zu Ihrer Verfügung.

– Sie sind zu freundlich, sagte Bridet.

– Das versteht sich doch von selbst. Sie sind ein Freund von Monsieur Basson. Ich selbst bin sein Freund. Wenn wir Ihnen zu Diensten sein können, wird uns das sehr glücklich machen. Wann wollen Sie abreisen?

– In etwa zwei Wochen. Ich habe es nicht so eilig …

– Ach so, ich dachte, daß es Ihnen gerade sehr eilig sei, Monsieur Basson hat mir, glaube ich, gesagt, daß …

– Nein, gerade nicht. Ich habe es überhaupt nicht eilig. Ich werde übrigens solange nicht abreisen, wie sich mir dort nicht die Möglichkeit bietet, etwas zu tun. Ich muß genau darüber nochmals mit Basson reden.

– Unter diesen Umständen ist keine Eile vonnöten.

– Nein, nichts eilt.

– Nun gut, wissen Sie, was wir jetzt tun werden? Da Sie nun schon hier sind, gehen Sie bitte ins Nebenzimmer und geben dem jungen Mann, den Sie vorhin gesehen haben, alle Informationen, die wir brauchen, oh, nichts Weltbewegendes, es sind schlichte Formalitäten, danach tun wir alles Notwendige, und Sie brauchen erst wiederzukommen, wenn Sie Ihren Passierschein abholen möchten. Sie werden sehen, nichts einfacher als das.

Nachdem er das Büro des Angestellten verlassen hatte, bat Bridet einen Bürodiener, ihn Monsieur Basson zu melden. Er füllte einen Zettel aus und wartete. Der Bürodiener kam wenig später zurück. Er hatte den Zettel in der Hand.

– Monsieur Basson ist weggegangen, sagte er.

Bridet setzte sich ans Ufer der Allier. Es war ein prächtiger Tag. Die Bäume nahmen langsam rötliche Färbung an. Der Himmel war von einem dichten, schweren Blau, und die Sonne in diesem Blau strahlte noch kräftiger.

»Im Grunde habe ich bekommen, was ich wollte«, dachte Bridet. Aber er freute sich nicht. Er hatte das Gefühl, als schwebe eine Gefahr über ihm, eine Gefahr, der er sich nicht entziehen konnte, war er doch gleichsam zum Gefangenen der Schritte geworden, die er unternommen hatte. Er konnte nicht abreisen. Er mußte auf die Papiere warten, die jetzt ausgefertigt wurden, sonst würde sein Verhalten höchst sonderbar wirken. Doch während er wartete, wußte man, wo er war, konnte man ihn holen, war er der Willkür der Polizei ausgeliefert. Und das Anstrengendste war, er mußte so tun, als bemerke er das nicht, er mußte die Komödie des reinen Gewissens spielen, durfte sich nicht verraten, mußte den Eindruck erwecken, als freue er sich über die wenigen Tage, die er warten mußte, wie über Ferien ...

»Und wenn ich mir überlege, daß ich so dumm war und gesagt habe, ich hätte es nicht eilig.«

Er überlegte einen kurzen Augenblick, ins Ministerium zurückzukehren. Aber nichts ist peinlicher, als gegenüber Menschen, die uns einen Gefallen getan haben, seine Meinung zu ändern.

»Und wenn ich trotzdem abreisen würde, wenn ich alles hinschmeißen würde!« murmelte er plötzlich.

Nein, das wäre wirklich zu kindisch, eingebildeten Ängsten zum Opfer zu fallen, jetzt, kurz vor dem Erfolg. Er würde es nie zu etwas bringen. Im übrigen hatte er bald kein Geld mehr. Drei Monate dauerte dieses Leben schon, denn wann immer sich eine Gelegenheit bot, hatte er es mit der Angst bekommen. Das Schwerste war für den Augenblick getan.

Er war nach Vichy gekommen. Man hatte ihm gewährt, worum er gebeten hatte, er mußte nur noch warten.
Er kehrte in sein Hotel zurück. Beim Anblick eines Briefes in seinem Fach aber wurde er unruhig. Außer den Leuten vom Ministerium hatte er niemand gesehen, und niemand wußte, daß er hier wohnte. Wer konnte ihm so rasch schreiben? Dieser Brief konnte nicht durch die Post gebracht worden sein. Jemand mußte ihn abgegeben haben. Aber wer und warum?
Er nahm den Brief. Da verspürte er plötzlich eine riesige Erleichterung. Er war nicht an ihn adressiert. Die Hotelbesitzerin mußte sich im Fach geirrt haben.
– Sie haben mir einen Brief hergelegt, der nicht für mich ist, sagte Bridet in unfreundlichem Ton.
Die Besitzerin betrachtete den Umschlag. Er war so nervös, daß er einen Augenblick fürchtete, sie würde steif und fest behaupten, sie habe sich durchaus nicht getäuscht, dieser Brief sei für ihn bestimmt. Und als sie sich schließlich entschuldigte, spürte er von neuem eine tiefe Erleichterung.

KAPITEL 3

Am Morgen, beim Aufwachen, hatte Bridet plötzlich den Eindruck, sich ungeschickt verhalten zu haben. Sein Wille wegzukommen war derart stark gewesen, daß er keinen Augenblick daran gedacht hatte, ihn auf Umwegen zu befriedigen. Er war schnurstracks aufs Ziel losgeprescht. Seine erste Tat war gewesen, um einen Reisepaß, einen Geleitbrief nachzusuchen. Er hatte naiv sein Spiel offengelegt. Er hätte zunächst einmal mit den Leuten Kontakt aufnehmen müssen, die er kannte, hätte ihnen von seinem Wunsch, nützlich zu sein, erzählen müssen, hätte es so anstellen müssen, daß man ihm sagte: »Sie müßten nach Afrika gehen, Bridet ...« Er hätte sich dazu zwingen lassen müssen. Es wäre nicht einmal er gewesen, der die Papiere beantragt hätte. Vom Kabinett des Marschalls hätte man Basson angerufen: »Seien Sie doch so nett und kümmern Sie sich um Monsieur Bridet. Wir haben ihn mit einer Mission in Rabat betraut. Es eilt.« Erst zu diesem Zeitpunkt hätte er Basson aufgesucht. Die Unterhaltung wäre ganz anders verlaufen. Er hätte mit gelangweilter Miene gesagt: »Sie sind schrecklich, unsere Freunde. Ich hätte wenigstens gern noch Zeit gehabt, eine Fahrt in den Berry zu machen ...«

Beim Anziehen überlegte Bridet, wie er sein ungeschicktes Verhalten wiedergutmachen könnte. Im Grunde hatten die Leute anderes zu tun, als sein Tun und Treiben in allen Einzelheiten zu verfolgen. Wenn er beispielsweise heute Laveyssère einen Besuch abstattete und von ihm einen Auftrag erhielte, würde Basson, wenn er in einer Woche wieder ins Innenministerium ginge, davon nichts erfahren. Bridet würde so tun, als wäre er bereits mit dieser Mission betraut gewesen, als er das erste Mal bei ihm war. Bemerkte er bei Basson oder Vauvray eine Spur von Überraschung, würde er ganz naiv sagen: »Ach, ich dachte, Sie seien unterrichtet.«

Im übrigen würde es dazu gar nicht kommen. Die Leute haben genug eigene Sorgen. Sie behalten nur im Gedächtnis, was in unseren Akten auffällig ist.

Er hatte sein Haar naß gemacht und seinen abgetragenen Filzhut im Hotel gelassen. So stach er weniger von den anderen ab, denn seit dem Waffenstillstand machte ein nachlässiges Äußeres einen schlechten Eindruck. Man sah dann

ein wenig so aus, als habe man im Unglück nicht reagiert. Weil man vom französischen Staat nicht so sehr hingerissen war.
Da es erst zehn Uhr war, spazierte Bridet durch die Straßen von Vichy. Ein Auto fuhr vorüber. Es war der dritte Wagen hintereinander, bei dem der elegante Fahrer das Lenkrad nur mit einer Hand steuerte und die andere lässig aus dem Fenster hängen ließ. Die Staatsmacht hatte sich bereits fest etabliert. Ihre erste Sorge hatte dem Kampf gegen die Schlamperei gegolten. »Das ist nicht der Augenblick«, dachte Bridet, »angesäuselt herumzulaufen.«
Ein verrottetes Regime war zusammengebrochen. An seine Stelle traten endlich Ordnung und Sauberkeit. Die Wachsoldaten vor den Ministerien oder deren lächerlichen Nebengebäuden trugen weiße Handschuhe bis zum Ellbogen und die visierlosen Helme der Panzereinheiten. »Sie machen auf Elitetruppe«, murmelte Bridet, als er an ihnen vorbeiging, wobei er die Hälfte der Worte verschluckte, da er nicht wußte, ob er gehört oder lieber nicht gehört werden wollte.

In einer Passage, in der er flanierte, betrat er einen kleinen eleganten Laden, in dem es Souvenirs von Vichy zu kaufen gab, Postkarten, Kurbecher in polierter Korbweide. Recht theatralisch verlangte er Franzisken, das Emblem der Vichy-Regierung, zu sehen. Es war als Geschenk für ein junges Mädchen gedacht. Wenn möglich, sollte es eins aus Buntglas sein.
– Diesen Artikel führen wir nicht, sagte die Verkäuferin.
– Das kann doch nicht wahr sein! entrüstete sich Bridet. Ich habe welche in Clermont-Ferrand gesehen, in Lyon, in Saint-Étienne. Und hier, in Vichy, sollte es keine geben?

– Nein, Monsieur, aber wir führen viele andere Artikel. Könnte Ihnen diese Brosche hier nicht zusagen?
– Oh! Eine reizende Idee. Das sehe ich zum ersten Mal, sagte Bridet und begutachtete von allen Seiten eine kleine Brosche, die das Käppi und den Marschallstab Pétains mit den sieben Sternen darstellte. Ich nehme zwei. Hätten Sie nicht auch ein kleines Foto Pétains, das etwas aus dem Rahmen fällt, für meine Brieftasche?
– Nein, Monsieur. Wir haben nur die Porträts, die Sie im Schaufenster gesehen haben, oder aber die allseits bekannten Postkarten.
– Das ist langweilig, sagte Bridet.
In diesem Augenblick bemerkte er, wie die Verkäuferin sich bemühen mußte, um nicht in Gelächter auszubrechen. Rasch verschwand sie, und eine andere Verkäuferin trat an ihre Stelle.
Bridet tat, als habe er nichts bemerkt, doch kaum aus dem Laden, sagte er so laut, daß die Passanten ihn hören konnten: »Die Franzosen haben augenscheinlich nichts begriffen. Die Zukunft hat noch einige Enttäuschungen für sie parat.«
Um Laveyssère anzurufen, war es noch zu früh. »Man muß schon ganz schön tief gefallen sein, um eine solche Komödie spielen zu müssen«, dachte Bridet. Er setzte sich in den Park, auf die Terrasse der Restauration. Er erkannte einige Abgeordnete. Sie gingen spazieren, Arm in Arm. Sie hielten an, lösten sich voneinander, gestikulierten, während sie weitersprachen, ergriffen erneut den Arm des anderen. Die Ereignisse schienen sie nicht sonderlich erschüttert zu haben. Auch Generäle gingen eiligen Schritts vorüber.
Um halb elf rief Bridet im Hôtel du Parc an. Direkt hinzugehen wäre einfacher gewesen, aber die Erinnerung an den

Besuch bei Basson hatte doch einen allzu unangenehmen Eindruck bei ihm hinterlassen. Er zog es vor, Laveyssère zum Mittagessen einzuladen.
Das Vertrauen, das ihm, den man zur unmittelbaren Umgebung des Marschalls gehören ließ, erwiesen wurde, hatte ernsthaftere und honorigere Gründe als die, die vor dem Krieg zählten. Keine okkulte Macht hatte den jungen Arzt aus Bordeaux begünstigt. Er war natürlich weder Freimauer noch Jude, noch Kommunist. Einfach nur der Neffe des Bruders von General Feutrier, eines alten Kameraden des Marschalls; beide waren 1875 zum Offizier befördert worden.

Viertel vor eins trafen sie sich in der Brasserie Lutetia. Laveyssère hatte nicht wie Basson reale Machtbefugnis, war aber doch vielleicht mächtiger aufgrund der Leichtigkeit, mit der er sich dem Marschall nähern konnte, und vor allem dank weiterer Familienbande, die ihn mütterlicherseits zu einem Verwandten von Doktor Ménetrel machten.
Nachdem Laveyssère ihm berichtet hatte, was ihm während des Rückzugs passiert war – ein Abenteuer, das er als seine »Odyssee« bezeichnete –, erzählte er ihm von Paris nach dem Waffenstillstand, wohin er zurückgekehrt war, um seine Anzüge zu holen. Von der Reise blieb ihm vor allem im Gedächtnis haften, daß die Deutschen sich in den schönsten Hotels eingenistet hatten: dem Ritz, dem Crillon, dem Claridge. Er schilderte den peinigenden Eindruck, den der Anblick all dieser deutschen Offiziere, dieser Boches, auf ihn gemacht hatte, die sich in diesen so eleganten Hotels wie zu Hause fühlten. Es war widerwärtig. Dann sprach er noch von einer deutschen Truppenparade, die sechs Stunden gedauert hatte. »Und was für ein Material die hatten!«

Bridet fragte, ob sie arrogant ausgesehen hätten. Laveyssère überlegte einen Augenblick, wie jemand, der nichts sagen will, was nicht hieb- und stichfest ist. Ehrlich gesagt, konnte er nicht behaupten, daß die Deutschen arrogant gewesen waren. Sie hatten eher traurige Mienen, ein unerwarteter Anblick bei Siegern. Man könnte fast sagen, sie waren sich bewußt, daß sie nicht das wahre, unser Frankreich geschlagen hatten, und empfanden eine gewisse Verlegenheit gegenüber der Bevölkerung, die eben dieses wahre Frankreich war. »Die Wahrheit ist, offengestanden«, fuhr Laveyssère fort, »diese Leute da verstehen gar nicht, warum wir ihnen den Krieg erklärt haben.« Sie hatten immer noch tiefen Respekt vor unserer Kultur. Sie waren sich durchaus darüber im klaren, daß ihr Blitzsieg uns nicht das hatte verlieren lassen, wodurch wir ihnen überlegen waren.

In der Folge erzählte er eine Fülle kleiner Anekdoten, aus denen hervorging, daß es den Deutschen vornehmlich darauf ankam, einen günstigen Eindruck auf uns zu machen, uns zu zeigen, daß auch sie zu leben verstanden. Madame James Laveyssère war bei Tage auf der Avenue des Champs-Élysée von einem betrunkenen Soldaten umarmt worden. Ein Offizier war dazwischengetreten, und »Bitte, glauben Sie mir«, fuhr Laveyssère fort, »daß diese Eselei den Soldaten teuer zu stehen gekommen ist.« Die Deutschen waren sicher sehr streng, hatten aber auch das Recht dazu, da sie sich selbst nicht ausnahmen.

– Im Grunde, sagte Bridet, sind sie also gar nicht so, wie man sie uns geschildert hat.

– Oh, keineswegs ...

– Ich ahnte es.

– Allzu viele Leute hatten ein Interesse, sie uns als Barbaren auszumalen, die kleinen Kindern die Hände abschneiden.

– Die Juden und die Kommunisten, sagte Bridet.
Er fühlte sich wohler als mit Basson. Laveyssère hatte noch nie durch Intelligenz geglänzt. Die Atmosphäre des Restaurants, recht pariserisch, wie vor dem Krieg, der Umstand, daß Laveyssère sich dessen, was er sagte, so ungemein sicher zu sein schien, ließen Bridet Mut fassen. Er überlegte, daß er die Gelegenheit beim Schopf fassen und klarer Stellung beziehen sollte als bei Basson. Dieses Mal würde es ihm bestimmt abgenommen werden.
– Glücklicherweise haben wir jetzt an unserer Spitze Männer, die begreifen, sagte Bridet. Ach! Hätten wir sie doch nur vorher gehabt ...
– Sie haben recht, Bridet.
– Wir müssen uns mit den Deutschen verständigen. Ich sage es seit 1934. Persönlich waren sie mir immer sympathisch. Es sind jedenfalls Leute, die über außergewöhnliche Qualitäten verfügen. So wenig man sie auch liebt, man muß anerkennen, daß sie große Qualitäten haben. Ich glaube übrigens, daß heute niemand mehr daran zweifelt.
Laveyssère gab keine Antwort. Bridet, der einen kurzen Augenblick befürchtete, etwas zu weit gegangen zu sein, fügte mit einem Lächeln hinzu:
– Dennoch wäre es mir lieber, sie kehrten heim.
Laveyssère lächelte nun seinerseits.
– Sie selber, erklärte er mit der Miene des Eingeweihten, wären lieber daheim.
– In dem Fall werden wir uns rasch verständigen.
Da der Ton der Unterhaltung entspannter geworden war, schien Bridet der Moment günstig, um die Sprache auf sich zu bringen.
– Unterdessen sollten wir arbeiten. Je stärker wir sind, je besser wir es verstehen, unser Haus in Ordnung zu bringen,

um so mehr werden uns die Deutschen respektieren. Unsere Kolonien sind ein Trumpf allererster Ordnung. Ich persönlich möchte Ihnen nicht verhehlen, daß ich der glücklichste Mensch wäre, könnte ich unserem wahren Frankreich dienen.

Da Laveyssère nicht zu begreifen schien, worauf Bridet hinauswollte, hatte dieser das Gefühl, sich etwas mehr über die Nationale Revolution auslassen zu müssen. Er war zu schüchtern. Ihm fehlte der Nachdruck. Er machte den gleichen Fehler wie bei Basson. Von den Boches zu reden war gut und schön, aber man mußte auch vom Marschall reden. »Was hält mich nur immer wieder zurück?« fragte er sich. Er betrachtete Laveyssère. Der aß ohne Appetit. Man spürte, daß die Probleme, die sich ihm stellten, seinen Verstand überstiegen, daß er brav versuchte, sie zu begreifen. Bridet hatte etwas mehr als gewöhnlich getrunken. Er pochte leicht auf den Tisch, um Laveyssères Aufmerksamkeit zu erregen.

– Wir reden zuviel, sagte er abrupt. Wir sollten den Mund nur auftun, um zu rufen: »Es lebe das neue, im Entstehen begriffene Frankreich!«

Laveyssère zündete sich eine Zigarette an. Er schien nachzudenken. Dann, während er Bridet in die Augen sah, sagte er mit einer gewissen Bitterkeit:

– Unglücklicherweise denken nicht alle so wie wir. Die bösen Kräfte haben noch nicht abgedankt.

Bridet hatte das Gefühl, daß alles sehr gut lief.

– Wenn es sie immer noch gibt, müssen wir sie bloß niederschlagen. Das Interesse Frankreichs steht über allem. Ich komme an einem der nächsten Vormittage bei Ihnen vorbei und sage Ihnen dann, was ich in meiner kleiner Sphäre zu unserem Wohle beizutragen gedenke.

– Gewiß doch. Kommen Sie, wann immer Sie möchten. Wir werden versuchen, etwas auf die Beine zu stellen.
In diesem Augenblick betrat Basson das Restaurant. In seiner Begleitung war ein graubärtiger Mann, der recht gut der Vorstellung eines alten Republikaners entsprach. In der Hand hielt er einen schwarzen Hut mit flacher Krempe. Er machte einen etwas ungepflegten Eindruck, was in diesem Restaurant aus dem Rahmen fiel. Basson kam an ihren Tisch, während sein Begleiter einige Schritte entfernt stehenblieb und wartete.
– Nun, immer noch für de Gaulle? sagte Basson lachend.
Bridet wurde rot. Laveyssère, der gerade Basson fragen wollte, ob er auf eine bestimmte Büronotiz geantwortet habe, drehte sich erstaunt Bridet zu.
– Das ist ein wahrer Gaullist, ein Gaullist reinsten Wassers, ein reiner Verfechter des Degaullismus, fuhr Basson fort und schlug dabei freundschaftlich auf die Schulter seines Kameraden.
– Ich? fuhr Bridet auf.
– Das überrascht mich, sagte Laveyssère.
– Oh, das liegt daran, daß er geschickt mit verdeckten Karten spielt, fuhr Basson immer noch lachend fort.
Da Bridet offenkundig aus der Fassung geraten war, setzte er hinzu:
– Na ja, man darf doch mal einen Witz machen ...
Und zu dem Mann gewandt, der einige Schritte entfernt wartete:
– Kommen Sie näher, Rouannet, ich möchte Ihnen einen meiner alten Freunde vorstellen.
– Ich bin sehr geschmeichelt, sagte der Mann mit dem Aussehen eines alten Republikaners und verbeugte sich respektvoll.

– Mein Freund Bridet ist einer der unseren. Er hat etwas gezögert, hat ein wenig geschnüffelt, woher der Wind weht, hat aber schließlich doch seinen Weg gefunden. Nicht wahr, Bridet?

– Ich bitte dich …

Zu Rouannet gewandt, fuhr Basson fort:

– Sie werden ihn wiedersehen, Rouannet. Er wird Sie brauchen.

Dann wandte er sich zu Bridet:

– Du wirst mit ihm zu tun haben. Monsieur Rouannet ist ein wertvoller Mitarbeiter.

– Ich werde mich glücklich schätzen, Ihnen nützlich zu sein, erklärte letzterer, immer noch sehr respektvoll.

Dann entfernte er sich rücksichtsvoll.

Wenige Augenblicke später, wieder mit Laveyssère allein, sagte Bridet:

– Was für ein Mensch, dieser Basson! Das ist wahrlich nicht der Augenblick für Witze.

– Es zeugt in der Tat von eher schlechtem Geschmack, bemerkte Laveyssère.

– Wenn er das Gaullist sein nennt: nach Vichy kommen und sich in den Dienst des Marschalls stellen … Wenn einer wie ich Gaullist ist, dann verstehe ich gar nichts mehr, einer, der durch diese Schurkenbande von Kommunisten, Juden, Freimaurern alles verloren hat … denn sie sind schließlich dafür verantwortlich, sie haben uns dahin gebracht, wo wir jetzt sind … Aber ich hoffe doch sehr, daß wir es ihnen heimzahlen … und zwar ordentlich. Es wird nie zuviel sein. Ein Mensch, der glücklich war … der ruhig dahinlebte, ohne irgend jemandem das geringste zu tun …

Bridet kam in Fahrt, er hatte endlich den Ton gefunden.

– Ich und Gaullist! Ein Witz! Nach allem, was diese Clique

meinem Land angetan hat ... Unglaublich, daß sich nicht früher gute Franzosen gefunden haben, die sie zur Vernunft gebracht haben. Aber jetzt ist alles anders. Schluß mit der Politik, mit der Protektion, der Kungelei.

Da Laveyssère lediglich den Kopf hob, änderte Bridet, der so tat, als ekelten ihn diese Verräter dermaßen an, daß er nicht einmal darüber reden konnte, abrupt die Stimmlage.

– Ich will mich nicht in Rage reden, sagte er.

– Mir ist nicht ganz klar, bemerkte in diesem Augenblick Laveyssère, wie Sie den Witz von Basson so ernst nehmen konnten.

Für einen Moment wußte Bridet nicht, was er antworten sollte. Als er sich wieder in der Gewalt hatte, sagte er:

– Würde man Sie Gaullist schelten, wären Sie wohl kaum darüber erfreut.

– Es wäre mir völlig egal.

– Vielleicht haben Sie nicht alles verloren, so wie ich.

– Was meinen Sie? Was haben Sie denn verloren?

Bridet spürte, wie kalter Schweiß ihm den Rücken hinunterlief. Er war ins eigene Schwert gelaufen.

– Ich habe mein Land verloren! brauste er mit ausladender Geste auf.

Laveyssère betrachtete ihn wie einen Unbekannten, der sich an seinen Tisch gesetzt hat.

– Also, jetzt verstehe ich Sie überhaupt nicht mehr ...

– Wie? ereiferte sich Bridet, um hinter der Entrüstung seine Verwirrung zu verbergen.

– Nein, ich verstehe Sie nicht mehr.

– Sie verstehen nicht, daß ein Mensch angeekelt sein kann, weil er verraten wurde, verraten von dieser ganzen Clique der Volksfront, von dieser ganzen Bande von Lumpenkerlen und Kommunisten?

Laveyssère wurde immer distanzierter.
– Das kann ich gerade noch verstehen, sagte er trocken.
– Na sehen Sie, Sie sind meiner Meinung, sagte Bridet und ergriff die Gelegenheit, um seine Erregung auf gleichsam natürlichem Wege wieder abzubauen.
– Nein, ich bin nicht Ihrer Meinung, fuhr Laveyssère fort, wobei er sich an Bridet wandte, als würde er ihn gerade kennenlernen.
– Jetzt verstehe aber ich Sie nicht mehr, sagte Bridet.
– Weil wir die Dinge völlig anders sehen.
– Finden Sie?
– Völlig anders! Wir Nationalrevolutionäre waren keineswegs überrascht von dem, was passierte. Wir haben es vorausgesehen. Wir haben es wieder und wieder gesagt. Wir meinen nicht, etwas Bedeutendes verloren zu haben. Wir haben deshalb auch keinen Grund, wütend zu werden. Die Zeit des vergeblichen Geschreis ist vorbei. Wir wollen nicht mehr unablässig Franzosen gegen Franzosen geifern hören, wie Sie es gerade getan haben. Ein neues Frankreich ist im Entstehen. Niemand wird es verhindern können.
– Und die Juden und die Kommunisten und die Freimaurer..., geiferte Bridet aufs Geratewohl, da er nicht mehr wußte, was er sagen sollte.
– Die gibt es nicht mehr. Und wenn sie so verblendet sein sollten, daß sie es nicht merken und sich der Geburt dieses von Leid und Schmerz umflorten Frankreichs entgegenstellen und dieses reine und verklärte Kind, sei es auch nur mit der Spitze ihrer blutbeschmierten Finger, berühren wollen – dann Gnade ihnen! Sie werden erbarmungslos bestraft. Dieses Frankreich, dessen Devise jetzt und auf immer lautet: »Arbeit, Familie, Vaterland«, hat die Augen auf uns gerichtet, und wenn es uns zu Hilfe ruft, dann werden wir, die

Männer des Marschalls, es zu verteidigen wissen, das können Sie mir glauben.

KAPITEL 4

Sobald er Laveyssère verlassen hatte, spürte Bridet das Bedürfnis, allein zu sein, kein menschliches Gesicht mehr zu sehen. Er setzte sich in den Hinterraum eines Cafés. »In dieser Stadt ist nichts zu machen«, dachte er bei sich, »es sind alle gleich. Wahrlich armselige Leute. Und gefährlich, weil sie sich lange verachtet wähnten. Man wußte nicht, daß sie so imponierende Eigenschaften haben. Unmöglich, mit ihnen zu diskutieren. Sie sind überzeugt, die Macht, die sie von den Deutschen erhalten haben, wäre ihnen auf jeden Fall zugefallen. Die Umstände haben es zwar so gefügt, daß sie ihnen auf recht eigentümliche Weise zugefallen ist, aber da sie ihnen ohnehin zustand, konnten sie sie wohl kaum zurückweisen.«

Nachdem Bridet gezahlt hatte, verließ er das Café. »Ich geh nicht ins Hotel zurück. Schade um meinen Hut, mein Rasiermesser und mein Reservehemd. Sie bringen es fertig und erwarten mich vor der Hoteltür und bringen mich aufs Polizeirevier, in die Räume der, wie es jetzt heißt, nationalen Polizei, schließlich ist alles national. Man war noch nie so national. Ich nehm einfach den Zug und fahr zurück nach Lyon. Dort werde ich sehen, was ich tun muß. Was für ein Jammer, daß ich nicht aus dem Cotentin oder der Bretagne stamme. Ich hätte bestimmt Fischer gefunden, die mich an Bord genommen hätten. Aber ich bin nun mal aus dem Berry, und bei uns gibt's lediglich Angler.«

Bridet ging die Avenue de la Gare hinauf. Während er, in der Hoffnung, auf einen Freund zu stoßen, der ihn aus der mißlichen Lage befreien könnte, fortwährend den Blick nach rechts und links schweifen ließ, hielt er den Kopf gesenkt. Er wollte niemand sehen. »Wie ein Idiot«, dachte er, »habe ich mir eingebildet, als ich hierherkam, daß ich Leute treffen würde, die nur zum Schein für die Boches wären und mir unter der Hand helfen würden ..., daß wir unter Franzosen wären, einander unterstützen würden.«
Als Bridet auf dem großen Platz am Bahnhof ankam, wurde plötzlich seine Aufmerksamkeit geweckt. Viele Menschen waren unterwegs. Es gab sogar Mietwagen mit fransenbehängten Sonnenschirmen. Es gab aber auch an der endlosen Vorderseite des Bahnhofs an vier oder fünf Stellen kleine Szenen, die seinen Blick angezogen hatten. Männer, jeweils zu zweit, ohne Gepäck in den Händen, schlenderten umher, schauten alle Welt eindringlich an und hielten von Zeit zu Zeit, zufällig oder weil ihnen ein Gesicht nicht gefallen hatte, einen Reisenden oder einen Vorbeigehenden an. Zunächst hatte Bridet gemeint, diese Leute würden sich kennen. Aber da sich diese Szene mehrmals und an verschiedenen Stellen auf gleiche Weise wiederholte, hatte er begriffen, daß es sich um eine Ausweiskontrolle handelte, die unauffällig vor sich gehen sollte. Einer der beiden Männer prüfte die Papiere, die man ihm reichte, während der zweite bereits wieder um sich schaute, wer als nächstes drankommen könnte. Am sonderbarsten war, daß die Passanten nichts bemerkten, daß das Leben weiterging, daß Reisende aus einem Bus ausstiegen, andere Gepäck trugen, Zeitungen kauften, einen Gepäckträger riefen.
Bridet machte kehrt und ging wieder die Avenue de la Gare hinunter. Er nahm die erste Querstraße links, die sich ihm

bot. Vichy war klein. Es würde nicht lange dauern und er fände sich an einem Platz, wo sich vielleicht das gleiche abspielte. Das Gefühl, nicht nach draußen fliehen zu können, überall an einem Ort zu sein, wo man ihn nach seinen Papieren fragen konnte, war ihm äußerst unangenehm. »Dabei ist mit mir doch alles in Ordnung«, dachte er.
Er ging zur Post, um telefonisch im Hôtel Carnot ein Zimmer zu reservieren. Angesichts der allgemeinen Lage funktionierte das Telefon sehr gut. Die Leute an der Spitze der Verwaltung hatten Wunder vollbracht. Man spürte, daß sie es zu einer Frage der Selbstachtung gemacht hatten. Nur weil wir von den Deutschen besiegt wurden, sind wir noch lange nicht außerstande, unsere Angelegenheiten selbst zu regeln. Das gleiche galt für Eisenbahnverkehr oder Steuerwesen. Kurzum, alles begann wieder normal zu laufen, »trotz der sehr erschwerten Bedingungen aufgrund der neuen Lage, die aus der Teilung Frankreichs in zwei Zonen und der Anwesenheit einer ausländischen Besatzungsarmee auf einem Teil seines Territoriums resultiert«, wie es in den Zeitungen hieß. Den Behörden waren in den letzten Monaten wahre Glanzleistungen gelungen. Mit Mitteln, die häufig nur Notbehelf waren, hatten sie mehrere Millionen Flüchtlinge repatriiert, mehrere Millionen Männer demobilisiert und ihnen wieder Arbeit gegeben. Sie hatten Brücken instand gesetzt, eine Lebensmittelversorgung auf die Beine gestellt, um die selbst die Deutschen uns beneideten. Das bewies, daß wir nicht jenes dekadente Land waren, für das man uns ausgeben wollte.
Bridet bekam also sehr rasch seine Verbindung nach Lyon. Leider war im Hôtel Carnot, das nicht den staatlichen Behörden unterstand, kein Zimmer frei.
Für einen kurzen Augenblick fragte sich Bridet, ob er trotz-

dem fahren sollte. Sah das nicht etwas seltsam aus, so urplötzlich abzureisen, ohne jemanden benachrichtigt zu haben?

Bridet trat aus der Post. Die Abfahrtszeit des Zuges nahte. Was tun? Beim bloßen Gedanken daran, ins Hotel zurückzukehren, fühlte er sich bedrückt.

Es war lächerlich, aber so war es nun einmal. Dieses Hotel, das so ruhig, so ländlich, so sauber war, flößte ihm eine immer heftigere Furcht ein. »Ich könnte vielleicht, um Basson nicht zu stören, Vauvray aufsuchen und ihm sagen, daß ich einige Tage mit meiner Frau verbringe und dort warte, bis die Papiere fertig sind.« Doch mit dem Ministerium war es wie mit dem Hotel. »Ich hätte das Basson und Laveyssère im Restaurant sagen sollen. Furchtbar, immer diese Tranigkeit im Denken.«

Bridet ging mechanisch zum Bahnhof. »Ich hau ab. Ich schreibe ein paar Zeilen von Lyon. Auch ins Hotel. Immerhin könnte ich in den Zug gesprungen sein, wie man auf einen Bus aufspringt, zumal meine Anwesenheit hier nicht notwendig ist. Man hat mir gesagt, ich solle in einer Woche wiederkommen, also komme ich in einer Woche wieder...«

Am Bahnhof angekommen, vergewisserte sich Bridet zunächst, daß die Polizisten verschwunden waren. Nach über einer Stunde Warten in einer Schlange erhielt er seine Fahrkarte. Der Bahnsteig war voller Menschen. »Es käme höchst ungelegen, wenn ich Basson ein zweites Mal treffen würde.« Am Anfang und am Ende des Bahnsteigs befand sich eine Gruppe von Gendarmen, die schließlich in den Zug stiegen und sich in Bewegung setzten, um sich auf dem Gang in der Mitte zu treffen.

Bridet kam um neun Uhr fünfzehn in Lyon an, mit nur sieben Minuten Verspätung. Er begab sich sofort in das Hotel, wo seine Frau wohnte. Im Speisewagen hatte er, nicht einmal schlecht, essen können.
Yolande, die von einer Angestellten des Hôtel Carnot benachrichtigt worden war, erwartete ihn. Sie setzten sich in den hinteren Teil der Hotelhalle.
– Wie ist es gelaufen? fragte sie.
– Sehr gut. Gar nicht schlecht.
– Sehr gut oder gar nicht schlecht?
– Das sage ich dir in einigen Tagen. Sie sind dabei, meinen Geleitbrief auszufertigen. Dazu muß einigen Regierungsstellen telegrafiert werden. Es gibt ein paar Formalitäten, aber im Prinzip reise ich ab.
– Warum hast du deinen Koffer nicht wieder mitgebracht?
– Das war so bequemer.
– Kriegst du ihn wieder?
– Ich hoffe. Morgen schreib ich paar Zeilen ans Hotel.
Yolande betrachtete ihren Gatten erstaunt.
– Du mußt wissen, ich habe mich etwas übereilt entschlossen abzufahren. Ich hatte keine Zeit mehr, ins Hotel zurückzukehren.
Yolande lächelte.
– Ja, ich kann es mir denken, sagte sie. Du hast es vorgezogen, so schnell wie möglich zu verschwinden.
– Keineswegs. Ich fahre nochmal nach Vichy.
Sie machten zwei- oder dreimal die Runde um die Place Carnot, die in tiefste Dunkelheit getaucht war. Man sah die erleuchtete Uhr vom Bahnhof. Sie sprachen über ihre Trennung, dann, als Schatten um sie herumzuschleichen begannen, gingen sie ins Hotel zurück.

– Wir sollten vielleicht sagen, daß du bei mir schläfst, bemerkte Yolande. Eigentlich muß man es sogar. Die Polizei ist immer präsent.
– Ah! Mir geht das allmählich auf die Nerven, sagte Bridet, diese Kontrollen und Überprüfungen. Die Polizei soll tun, was sie will. Ich geh jetzt hoch schlafen. Und damit basta.
Bridet schlief schlecht, das Bett war für zwei zu klein. Um vier Uhr früh stand er auf, zog seinen Überzieher an, umhüllte die Beine mit einem Mantel seiner Frau und setzte sich in den Sessel. Er dämmerte vor sich hin, als er plötzlich hörte, wie an das Nachbarzimmer gepocht wurde. Der Tag schien anzubrechen, denn eine sanfte Helligkeit schimmerte durch die Vorhänge; oder es war der Mond. Er schaute auf die Uhr. Es war zwanzig nach fünf. Jetzt hörte er Stimmengewirr und Durcheinander im Nachbarzimmer. »Immer diese ewigen Reisenden«, dachte er. Doch im selben Augenblick wurde drei- oder viermal hintereinander an seine Tür geklopft. »Wo bist du?« fragte Yolande, die hochgeschreckt war. »Ich bin hier.« »Hast du geklopft?« »Nein.«
Er machte das elektrische Licht an. Erneut wurde geklopft.
– Aufmachen, aufmachen, Polizei, hörte man.
– Polizei? fragte Bridet, ohne zu wissen, was er sagte.
– Aufmachen, Polizei.
Bridet gehorchte. Zwei Männer standen im Flur. Sie sprachen mit einem Dritten, der etwas weiter entfernt ein Dokument las. Rechts hinten im Flur war weiterer Lärm zu hören. Offensichtlich handelte es sich um eine polizeiliche Durchsuchung, und Bridet hatte plötzlich das beruhigende Gefühl, daß man es nicht auf ihn persönlich abgesehen hatte. Und tatsächlich: obwohl er bereits die Tür geöffnet hatte, interessierte man sich noch nicht für ihn.

– Sagen Sie Madame, sie möge sich ankleiden, erklärte ein Polizist, als er Yolande im Bett sah.
– Hast du die Liste? fragte der zweite Polizist den, der las.
– Gleich, erwiderte dieser.
– Welches Zimmer ist das hier? fragte der, der Yolande gebeten hatte sich anzuziehen, und schaute nach der Zimmernummer an der Tür.
– 72, gab Bridet zur Antwort.
– Ich begreif das nicht, sagte der Polizist. Auf 68 folgt 72. Wo liegen die Zimmer dazwischen?
– Hinten im Flur, sagte Yolande, während sie sich anzog. Ein vierter und fünfter Polizist erschienen gerade von dort.
– Das Hotel ist das reinste Labyrinth, sagte einer der beiden. Ist die Seite hier schon erledigt?
– Ja, außer dem Burschen von 64, der seine Papiere nicht findet.
– Was ist los mit dem Burschen?
– Er sieht nach Ausländer aus. Das muß ein Jude sein.
– Der muß mit.
Bridet hatte sein Portemonnaie aus der Weste gezogen und entnahm ihm seinen Ausweis und seinen Entlassungsschein vom Militär.
– Hier bitte, sagte er zu den Polizisten, die in das Zimmer eingetreten waren.
– Welches Zimmer ist das denn hier? fragte der Polizist noch einmal, ohne die Papiere zu nehmen.
– 72.
– Aha. Und was machen Sie dann hier? sagte der Polizist.
– Das ist das Zimmer für eine Einzelperson, eine Dame, sagte der zweite Polizist nach einem Blick auf die Liste. Wer ist Madame Bridet?
– Das bin ich, sagte Yolande.

– Ich bin der Ehemann, sagte Bridet. Ich bin gestern abend aus Vichy gekommen. Da ich nicht wußte, wo ich übernachten sollte, habe ich bei meiner Frau geschlafen.
– Sie haben kein Formular ausgefüllt.
– Ich habe nicht gedacht, daß das nötig wäre, sagte Bridet, da wir denselben Namen tragen.
– Zeigen Sie mir Ihre Papiere.
Der Polizist prüfte sie längere Zeit, rief dann seinen Kollegen und gab sie ihm. Dieser prüfte sie ebenfalls.
– Sie heißen Joseph Bridet?
– Ja.
– Hast du das Register? fragte der Polizist seinen Kollegen. Gib es mir mal.
Er blätterte länger in diesem Register, schlug es dann wortlos zu.
– Sie sind der Gatte von Madame?
– Ja.
– Ihr Ausweis hat keine Nummer.
– Ich weiß. Aber das ist nicht meine Schuld.
– Und was soll dieser Entlassungsschein?
– Hast du jemals solche Formulare gesehen, Robert?
– Das ist ein Entlassungsschein vom Militär. Der wurde uns allen nach dem Waffenstillstand gegeben, als Beleg, daß wir ordnungsgemäß demobilisiert worden sind, da alles seine Ordnung haben sollte.
– Hast du den Schein gesehen? fragte der Polizist seinen Kollegen. Schau ihn dir mal genau an.
Der Polizist prüfte ihn eingehend.
– Der Stempel? Das ist ein Stempel von der Gendarmerie, keiner vom Militär.
– Richtig. Der Kommandant hatte keinen Stempel. Er nahm den von der Gendarmerie.

– Nein, die Unterschrift, die Unterschrift, ich spreche von der Unterschrift.
– Ja, und?
– Bemerkst du nichts, Robert?
– Nein.
– Es ist dieselbe Schrift. Derjenige, der den Schein ausgefüllt hat, ist derselbe, der ihn unterschrieben hat.
– In der Tat, sagte Bridet. Ich kann Ihnen auch sagen, wie das passiert ist. Nichts einfacher als das. Bei Ausrufung des Waffenstillstands befand ich mich, ohne Kontakt mit meiner Einheit, in Ambert, im Puy-de-Dôme. Ich mußte mich bei der Gendarmerie melden. Man hieß mich warten. Einige Tage später bezog ein Kommandant mit dem Titel eines Bereichs-Majors, ich weiß nicht, woher er den hatte, die Unterpräfektur. Per Trommler wurde verkündet, daß alle Militärpersonen, die sich in der Stadt befänden, sich bei ihm zu melden hätten. Das tat ich. Da ich Journalist war und der Kommandant keinen Sekretär hatte, hat er mich genommen und seiner Dienststelle zugewiesen. So kam es, daß ich alle Bauern des Kreises demobilisiert habe. Als die Reihe an mich kam, habe ich mich ebenfalls entlassen.
– Haben Sie keine anderen Papiere?
– Nein.
Der Polizist wandte sich an seinen Kollegen.
– Was sollen wir tun?
– Wir müssen den Chef fragen.
Einige Augenblicke später betrat ein schwarzhaariger kleiner Mann das Zimmer, dessen besser gestutzter Bart und gepflegtere Kleidung ihn als einen höherrangigen Polizisten auswiesen.
– Ich lege großen Wert darauf, Ihnen sofort zu sagen, wer ich bin, sagte Bridet. Meine Freunde, Monsieur Basson,

von der Obersten Leitung der Nationalen Polizei, und Monsieur Laveyssère, vom Kabinett des Marschalls ...
Doch der Chef schnitt ihm das Wort ab.
– Was Sie sind, ist völlig bedeutungslos. Ich weiß nur eines: Mit Ihnen ist etwas nicht in Ordnung. Ich muß Sie bitten, mir zu folgen.
– Aber Sie wissen nicht, wer mein Mann ist, schrie Yolande auf.
– Ich bitte dich, beschwichtigte sie Bridet.
Er zog sich an. »Ich rufe morgen früh Basson an«, sagte Yolande. Bridet gab keine Antwort. »Und Laveyssère. Unerhört, daß jemand wie du auf das Kommissariat geführt werden kann.« Nach einem Augenblick sagte Bridet: »Mach das lieber nicht. Das würde in Vichy einen schlechten Eindruck machen. Wenn ich wirklich in Gefahr wäre, würde ich es verstehen. Aber sobald die Überprüfung fertig ist, wird man einsehen, daß das, was ich gesagt habe, der Wahrheit entspricht, und wird mich freilassen müssen. Wegen so einer Lappalie brauchst du die Freunde nicht zu alarmieren.«
Bridet betrachtete sich im Spiegel. Er war gerade allein mit Yolande. Er rief sie und flüsterte ihr zu: »Was für eine Saubande! Hier so einzudringen, ich versprech dir, dafür werden einige eines Tages umgelegt.« »Sei still«, beschwor sie ihn. »Ich bin sicher, dir passiert was. Ich habe dir immer schon gesagt und wiederhole es: es gibt nur ein Mittel, sich aus der Affäre zu ziehen – stell dich gut mit den Deutschen. Mit ihnen kann man reden. Die sind viel besser als die Franzosen, die ihnen die Stiefel lecken.«
Bridet gab keine Antwort. Zorn übermannte ihn.
– Also, kommen Sie? rief ein Polizist.
– Ja, ja, ich komme, sagte Bridet.

Sie waren rund vierzig in einer Art Wachraum des Hauptkommissariats. Dieses war an einer Seite der Hauptpost, eines wundervollen Baus, untergebracht. Die Fenster hatten Gitterstäbe, doch waren sie dank der Feinfühligkeit des Architekten derart gebogen, daß man sich auf dem Gesims aufstützen oder Blumentöpfe darauf stellen konnte.

Alle saßen, nur Bridet lief hin und her. Eine Frau jammerte. Ihre achtjährige Tochter sollte in Kürze von Tain-l'Hermitage allein auf dem Bahnhof Perrache ankommen. Sie würde nicht wissen, wo sie hingehen sollte. Bridet ging zu dem Schutzmann, der an der Tür stand. »Sie sollten den Kommissar benachrichtigen«, wiederholte Bridet. »Ich kann nicht«, entgegnete der Polizeibeamte. »Dann sagen Sie es doch irgendeinem Sekretär.«

Der Polizist ging hinaus. Kurz darauf kam er mit einem Beamten in Zivil zurück. »Was ist los?« fragte dieser mit der Miene desjenigen, der eigentlich unabkömmlich ist. Bridet erzählte ihm die Geschichte der bedauernswerten Frau. Sie hatte sich genähert. Unaufhörlich sagte sie zu Bridet: »Danke, Monsieur, danke, Monsieur...« Der Sekretär ging wieder, hob dabei die Arme zum Zeichen, daß er nichts tun könne, aber ohne nein zu sagen.

Eine Stunde später wurde Bridet in das Büro des Hauptkommissars geführt. Vor diesem lagen bereits die Papiere Bridets.

– Ich sehe, daß Sie Journalist sind. An welchen Zeitungen haben sie mitgearbeitet?

– Am *Journal* und am *Figaro*.

– *Le Journal* ist gegenwärtig in Lyon, nicht wahr?

– Ja, Monsieur.

– Sind Sie immer noch dabei?

– Nein, Monsieur.

– Warum nicht?
– Weil es mich unter den gegenwärtigen Bedingungen nicht interessiert, da zu arbeiten.
– Immerhin, der *Figaro* ...
Der Kommissar schwieg. Er hob die Augen. In diesem Augenblick trafen sich die Blicke der beiden Männer. Bridet hatte plötzlich den Eindruck, als stimme ihm der Kommissar zu.
– Sie wissen, warum Sie hier sind, fuhr dieser fort.
– Nein, sagte Bridet.
– Ihr Name stand nicht im Meldebuch des Hotels.
Der Kommissar trug ein leichtes Lächeln zur Schau, das zu verstehen gab, daß er selbst diesen Grund nicht sehr überzeugend fand.
– Was wollen Sie machen, die Inspektoren sind gehalten, zu tun, was man ihnen sagt, fuhr der Kommissar fort. Ich übrigens auch. Hier sind Ihre Papiere. Ich werde veranlassen, daß man sie freiläßt.
– Ich danke Ihnen, sagte Bridet.
Wieder trafen sich die Blicke der beiden Männer. Dieses Mal hatte Bridet keinen Zweifel. Er hatte es mit einem Franzosen zu tun. Er empfand zwischen dem Kommissar und sich eine Art geheimer Komplizenschaft.
– Ich danke Ihnen, wiederholte er.
– Oh, keine Ursache. Das ist doch selbstverständlich. Wir verstehen uns doch, nicht wahr? Gehen Sie nur zurück in den Raum. Man wird Sie benachrichtigen.
Der Kommissar erhob sich, ergriff die Hand Bridets ein wenig nachlässig, sicher, um sich nicht allzu sehr zu kompromittieren, denn schließlich konnte er sich hinsichtlich Bridets ja täuschen, und während er ihn zur Tür geleitete, sagte er zu den beiden Beamten, die der Unterhaltung beige-

wohnt hatten: »Monsieur Bridet wird in Kürze freigelassen.«
Der Wachraum hatte sich geleert. Bridet setzte sich auf eine Bank. Er wartete seit zwanzig Minuten, als der Sekretär, dem er zuvor die Geschichte der bedauernswerten Frau erzählt hatte, an der Tür erschien. Als bemerkte er Bridet nicht, rief er: »Monsieur Bridet, bitte!«
Bridet erhob sich.
– Der Herr Kommissar hat mich beauftragt, Ihnen zu sagen, fuhr der Beamte fort, daß er eben von der Obersten Leitung der Nationalen Polizei die Order erhielt, Sie unverzüglich freizulassen und sich bei Ihnen zu entschuldigen. Dies tue ich hiermit im Namen des Herrn Kommissars und weise Sie darauf hin, daß Sie frei sind ...
Eine Hitzewelle stieg in Bridets Kopf. Einen Augenblick war er sprachlos. Dann faßte er sich wieder und sagte: »Ich danke Ihnen, ich danke Ihnen ... aber könnte ich nicht noch einmal den Herrn Kommissar sprechen?«
– Tut mir leid, erwiderte der Sekretär trocken, aber der Herr Kommissar hat keine Zeit, Sie zu empfangen.

KAPITEL 5

Nachdem er das Kommissariat verlassen hatte, nahm Bridet die Rue de la Charité. Yolande hatte sich wirklich ungeschickt verhalten. Indem sie in Vichy anrief und wichtige Persönlichkeiten – oder wenigstens solche, die sich dafür hielten – behelligte, hatte sie ganz sicher den Eindruck von Panik erweckt. Sie mußten denken, daß etwas viel Schwerwiegendes als bloß eine Überprüfung der Personalien stattgefunden hatte. Yolande hatte ihren Mann in eine peinliche Lage gebracht. Und dabei hatte er ihr doch unmißverständlich gesagt, sie solle sich nicht rühren. Nun, sie hatte in bestem Glauben gehandelt, er konnte ihr deshalb nicht böse sein.

Wenig später erreichte er das Hotel. Es hieß Hôtel d'Angleterre. Ein fanatischer Anhänger des Vichy-Regimes hatte das nicht ertragen können. Eines Nachts hatte er Steine aufs gläserne Vordach geworfen, noch jetzt lagen Splitter des Glases, das wegen der Alarme blau gestrichen worden war, verstreut auf dem Boden.

Yolande war ausgegangen. Sie unternahm vermutlich weitere Schritte. Der Telefonanruf aus Vichy war vielleicht wirkungslos geblieben. »Nicht zu glauben«, dachte Bridet, »wie gern es Frauen doch kompliziert machen.«

Er bemerkte den Hotelbesitzer. Er fürchtete, dieser könne sich bei ihm beschweren und ihn für Unannehmlichkeiten verantwortlich machen, die ihm die Polizei künftig bereiten könnte. Dem war nicht so. Der Besitzer gab ihm ein kleines freundschaftliches Zeichen, in dem die Genugtuung spürbar war, seinen Gast wieder auf freiem Fuß vorzufinden. Das tat Bridet ungemein wohl. Es war ermutigend, Franzosen zu sehen, die über ihr Interesse die Solidarität stellten, die Menschen sich schulden, die auf demselben Boden geboren sind.

Bridet wartete über eine Stunde. Endlich kam Yolande zurück. Wie er es befürchtet hatte, hatte sie den Vormittag damit verbracht, seine Freunde zu alarmieren. Er gab ihr zu verstehen, daß sie besser daran getan hätte, sich ruhig zu verhalten. »Wie«, schrie sie auf, »du hättest es vorgezogen, daß ich dich im Gefängnis lasse?«

Erneut spürte er, daß Welten sie beide trennten. Die Niederlage hatte nichts in ihrem tiefsten Inneren verändert. Gewiß war sie auch in ihren Augen eine Katastrophe, aber doch nicht in einem solchen Umfang, daß sie an den normalen Abwehrreaktionen eines menschlichen Wesens grundlegend etwas hätte ändern können.

Sie erklärte, daß sie neben anderen auch den Leiter einer Zeitung aufgesucht habe. Er hatte sie sehr zuvorkommend empfangen. Er hatte ihr gesagt, es sei nicht hinnehmbar, daß Bridet weiter in Haft bleibe, daß er das Nötige veranlassen werde.

Diesen Empfang gegen ihn wendend, fügte sie hinzu, daß es falsch von ihm sei, seine Freunde zu schneiden, sich zu isolieren, als sei alle Welt an der Niederlage schuld, nur er nicht. Alle Franzosen, egal, welcher politischen Meinung sie anhingen, litten, nicht minder als er. Man müsse einander helfen.

Bridet gab keine Antwort. Doch wenig später sagte er: »Sie ekeln mich alle an. Hier gibt's nichts zu tun. Ich sag's dir noch einmal, ich möchte zu de Gaulle, und ich werde hingelangen, selbst wenn ich dabei draufgehe.«

Den Nachmittag verbrachten sie in einem überfüllten Kino, in dem kaum Luft zum Atmen war. Beifall, unterbrochen von einem Pfeifkonzert, brach aus, als vor einer Tribüne Legionäre vorbeimarschierten, ungeordnet, aber erhobenen Hauptes und mit ausgestrecktem Arm. »Was für ein Adel im Blick!« schrie eine Frau. »Das ist entsetzlich«, murmelte Bridet. »Sei ruhig!« sagte Yolande. »Nicht zu fassen, sie grüßen mit dem Hitlergruß«, sagte Bridet, der nicht mehr an sich halten konnte. »Sehen Sie nicht, daß sie den Eid leisten«, bemerkte trocken ein älterer Herr.

Sie speisten in einem kleinen Restaurant der Kategorie D, das Essen zu 12,50 Francs. Danach gingen sie an der Saône

spazieren. Dann, während allmählich die Nacht hereinbrach, näherten sie sich wieder dem Hotel.
Bridet spazierte gern um die Place Carnot zu der Zeit, wenn die Deutschen begannen, in ihre Zimmer zurückzukehren. Die Gruppen von Polizisten mit Fahrrädern, die zu ihrer Sicherheit vor ihren Hotels Wache standen, zogen manchmal über sie her, und da die Spötteleien von den Gesetzeshütern kamen, zogen sie die Gaffer an.
Bald brach die Nacht herein. »Wir werden noch auffallen«, sagte Yolande. In den Gebüschen rund um die Statue der Republik gab es neben Pärchen auch einzelne Männer, die umherstreiften. Vor ihnen brauchte man keine Angst mehr zu haben. Eine unerwartete Folge der Niederlage war, daß selbst die kleinen Gauner harmlos geworden zu sein schienen. Hin und wieder sah man Grüppchen von Reisenden den Bahnhof verlassen.
Als sie an einem dicht verschlossenen Fenster vorbeikamen, hörte Bridet ein Radio. Er blieb stehen. War das London oder Vichy? Es war London.
– Kommst du? fragte Yolande.
– Es ist London, sagte Bridet.
– London hat schon Schluß gemacht.
– Nein. Das sind persönliche Mitteilungen.
Deutlich war zu hören:
»Das Tandem von Roger ist repariert.«
»Die Schimären sind Verrückte.«
»Albertine ist niemals geimpft worden. Wir wiederholen: Albertine ist niemals geimpft worden.«
»Die Katzen des Luxembourg miauen noch immer.«
Yolande trat näher.
– Komm, das ist doch belanglos.
Aber Bridet rührte sich nicht. Diese Botschaften zu hören

bereitete ihm Freude. Sie waren der Hinweis, der einzige Hinweis inmitten all dieses Elends, daß etwas passierte, daß es immer noch irgendwo in der Welt Menschen gab, die die Deutschen hinters Licht führten, die geheime Anschläge gegen sie vorbereiteten. Und vage hoffte er, eine dieser Botschaften möge, dank welcher Fügung der Umstände auch immer, für ihn bestimmt sein, und zum Beispiel möge er plötzlich hören: »Yolandes Gatte wird in London erwartet. Wir wiederholen: Yolandes Gatte wird in London erwartet.«

Am übernächsten Tag kehrte Bridet nach Vichy zurück. Seine Papiere mußten eigentlich fertig sein. Obwohl er bereits morgens ankam, konnte er sich erst am Spätnachmittag entschließen, das Innenministerium aufzusuchen. In den wenigen Tagen hatten die Schreiner und Maler es geschafft, dem Badehotel ein dem Ernst der Dienststellen, die es beherbergte, gemäßeres Aussehen zu verleihen. Die Drehtür am Eingang war abmontiert worden. Für die zunehmende Besucherzahl war sie hinderlich geworden. Vielleicht waren dabei auch Sicherheitsüberlegungen im Spiel gewesen. Die Sekunden, in denen sie sich drehte, konnten einen Anschlag, ein Attentat etwa, begünstigen. Die Rezeption war in einen Wachraum umfunktioniert worden. Fast überall waren Zwischenwände aufgestellt. Sie klebten schon jetzt voller Propagandaplakate. Ein Wachposten mit Helm und Karabiner stand vor der Tür des Aufzugs.
Bridet spürte, wie sich sein Herz zusammenzog. Er hatte den Eindruck, während seiner Abwesenheit sei etwas geschehen. Überall waren Polizisten in Uniform. Aus Angst, man könnte ihn festnehmen, wenn er schweigend passierte, fragte er einen von ihnen, wo sich das Büro von Monsieur

Basson befinde. Der Polizist war überfragt. Obwohl er sicher nicht den Befehl erhalten hatte, die Besucher zu begleiten, führte er Bridet an einen Tisch, hinter dem ein Amtsdiener mit einer Kette wie in Paris saß, die Brust bedeckt mit Auszeichnungen.

Der Beamte schaute auf dem schwarzen Brett nach. Neben ihm zwei Männer mit eher belanglosem Aussehen sprachen leise miteinander.

– Sie möchten zu Monsieur Basson?

– Ja.

– Im ersten Stock.

Der Wachposten hatte sich nicht gerührt. Bridet bedankte sich bei ihm. Die Gegenwart eines bewaffneten Mannes neben sich war ihm zutiefst unangenehm. Irgend etwas Unerfreuliches mußte sich ereignet haben. Damit es sich nicht wiederholte, wurden die Besucher begleitet.

Bridet betrat den Aufzug. Auf dem Treppenflur der ersten Etage standen etwa ein Dutzend Korbsessel nebeneinander. »Offenbar haben sie aus dem Warteraum ein Büro gemacht«, dachte Bridet.

Er fragte nach Basson. Der Amtsdiener kam nach wenigen Augenblicken zurück: Monsieur Basson war nicht in seinem Büro. Monsieur Basson war in einer Besprechung beim Minister, aber Monsieur Basson würde nicht lange auf sich warten lassen.

Bridet nahm Platz. Auf einem Anschlag las er neben anderen Namen auch den von Basson und die Worte, die eine unerklärliche schlechte Stimmung spüren ließen: »Monsieur Basson empfängt lediglich von 11 bis 12 Uhr.«

»Sie richten sich auf Dauer ein«, kam es Bridet in den Sinn. Er zündete sich eine Zigarette an. Zwischen jedem Sessel stand ein Aschenbecher, den ein holzgeschnitzter Page

trug. Pausenlos gingen Beamte vorüber, ohne die Besucher je eines Blickes zu würdigen.
Bridet hatte eine Stunde gewartet, als vier Männer aus einem Büro traten. Unter ihnen war Basson. Bridet erhob sich etwas, um die Aufmerksamkeit auf sich zu lenken. Er erhaschte den Blick seines Freundes, doch der, noch immer am ganzen Leib bebend, gab kein Zeichen des Erkennens.
Bridet setzte sich wieder. »Sobald er fertig ist«, dachte er, »wird er mich holen.«
Die vier Männer sprachen mit lauter Stimme, offenbar ohne im mindesten eine Indiskretion zu befürchten. Bridet folgte Basson mit den Augen, doch der, als wüßte er Bescheid, schaute kein einziges Mal in seine Richtung. »Der Kerl in der Mitte muß der Minister sein«, sagte sich Bridet. Es war ein großer, kräftiger Mann in einem eleganten Anzug. Er hatte Pomade in den Haaren. Er sprach nicht, hörte aber auch nicht auf das, was man ihm erzählte. Man spürte, das Wesentliche war geregelt und er hielt sich nur noch aus Höflichkeit hier auf. Was die übrigen drei anbelangte, so hatte ihre Geschäftigkeit etwas Serviles. Sie sollte schon vorab eine Vorstellung von der Gewissenhaftigkeit und Ernsthaftigkeit vermitteln, womit die Befehle ausgeführt werden würden.
Schließlich trennten sie sich. Der Amtsdiener stürzte zur Treppe, und auf halbem Weg schrie er: »Der Minister, der Minister ...« Man hörte das Geräusch von Gewehrkolben auf den Second-Empire-Mosaiken im Erdgeschoß, dann andere Stimmen: »Den Wagen, lassen Sie den Wagen vorfahren, der Minister ...«
Nun verabschiedeten sich auch die übrigen drei Männer mit vielen Ehrbezeigungen, so als wäre ihr Chef noch zugegen.

Bridet erhob sich erneut halb aus seinem Sessel, überzeugt, daß Basson jetzt mit ihm sprechen würde. Doch der ging an ihm vorüber, ohne auch nur den Kopf zu drehen.
– Basson, Basson! rief Bridet.
Der schien nicht zu hören. Bridet wandte sich erneut an den Amtsdiener, etwas beschämt von der Behandlung.
– Ich werde melden, daß Sie da sind, erklärte dieser freundlich.
Bridet folgte ihm in den Flur, blieb allerdings diskret einige Schritte hinter ihm.
Wenig später kam der Amtsdiener zurück.
– Monsieur Basson hat keine Zeit, Sie zu empfangen.
Bridet überkam ein Gefühl von Niedergeschlagenheit. Das also war von ihrer Freundschaft oder vielmehr von ihrer langjährigen Kameradschaft von einst geblieben.
– Er hat Ihnen nicht gesagt, wann ich zurückkommen könnte?
– Nein, Monsieur, gab der Amtsdiener noch immer freundlich zur Antwort, so als könne er nicht umhin, seine neuen Vorgesetzten im tiefsten Inneren unverschämt zu finden. »Ich werde ihn fragen«, bot er von sich aus an.
Er kam wenig später zurück, mit einer Geste der Ohnmacht erklärte er:
– Monsieur Basson sagt, Sie bräuchten nur zwischen elf und zwölf wiederzukommen. Sie würden ihn dann ganz sicher antreffen.
Bridet hatte nur wenige Schritte auf der Straße getan, als ihm urplötzlich das Blut in den Kopf schoß. Es war das erste Mal seit seiner Jugend, daß er wieder auf diese Weise, das erste Mal, daß er in Erinnerung an einen Vorfall, der durchaus als demütigend gelten konnte, rot wurde. »Unglaublich, das Bild, das sie von sich selbst haben«, murmelte er. Dann

überlegte er, daß es falsch von ihm war, wenn er sich so gehenließ. Es gab Millionen von Franzosen, die glücklich gewesen wären, solche Schritte unternehmen zu können, um frei zu sein. Und sie wären nicht errötet.

Am nächsten Tag kam Bridet kurz vor zwölf im Ministerium an, in der Hoffnung, daß Basson ihn, wäre er der letzte Besucher, zum Mittagessen einladen würde.
– Sie haben kein Glück! rief der Amtsdiener. Monsieur Basson ist gerade gegangen. Aber er kommt zurück. Warten Sie hier auf ihn.
Bridet setzte sich an dieselbe Stelle wie am Tag zuvor. Wenig später sah er Vauvray vorübergehen, der ihn nicht wiederzuerkennen schien, dann den jungen Angestellten, der ihn vor einigen Tagen nach dem Geburtsnamen seiner Großmutter gefragt hatte. Aus Langeweile griff er auf einem Tisch ein Luxusmagazin, in dem von nichts anderem die Rede war als von den Freuden des Lebens in frischer Luft.
Basson kam noch immer nicht zurück. Viertel nach eins beschloß Bridet zu gehen. Sein Warten, das normal gewesen wäre, hätte sein Freund nicht allzu lange auf sich warten lassen, wurde auffällig.
Gerade als er das Ministerium verließ, hielt ein Auto davor, in dem Basson saß. »Sie haben kein Glück«, hatte der Amtsdiener gesagt. Das stimmte. Hätte er nur einige Sekunden länger gewartet, wäre er ganz selbstverständlich mit Basson in der Halle oder auf der Treppe des Hotels zusammengetroffen. Es gab Tage, an denen einfach alles schiefging. Wegen dieser wenigen Sekunden mußte er wieder umkehren, warten, daß Basson aus dem Auto gestiegen war, dann erklären, was passiert war.

– Basson! rief Bridet seinem Freund zu, der eilig im Ministerium verschwand.
Er drehte sich um. Als er Bridet bemerkte, tat er überrascht.
– Wie, du kommst um diese Zeit?
– Eigentlich war ich am Gehen, aber dann habe ich dein Auto gesehen ...
– Ich habe keine Zeit, wirklich, sagte Basson, ohne seinem Freund auch nur die Hand zu geben. Komm irgendwann wieder, aber dann zwischen elf und zwölf.
– Ich komme morgen, sagte Bridet.

KAPITEL 6

Im Grunde waren diese Schwierigkeiten, an Basson heranzukommen, kein schlechtes Omen. Bridet sah darin den beruhigenden Hinweis, daß sein Fall keine große Bedeutung besaß. Nachdem die Neugier der ersten Tage vorüber war, interessierte sich niemand mehr für seine belanglose Geschichte um einen Geleitbrief. Das war die Hauptsache.
Am nächsten Tag kam Bridet bescheiden um elf Uhr. »Das ist beileibe nicht lustig, mit solchen Leuten zu essen«, dachte er. »Aber nur eines zählt: meine Papiere.«
Dieses Mal wurde Bridet sofort vorgelassen.
– Nun, mein Freund, was ist los? fragte Basson.
– Nichts, ich suche dich auf ...
– Wie nichts? Hattest du nicht einige Probleme in Lyon?
– Man sollte nicht übertreiben ...
– Dennoch hat mich Yolande angerufen, fuhr Basson fort,

wobei er so tat, als könne er sich nicht mehr recht erinnern an das, was geschehen war.
– Yolande?
– Yolande. Genau. Ich steige aus dem Bad. Man verbindet mich aus dem Ministerium mit Lyon. Ich sage mir: »Was ist passiert?« Und da war Yolande. Deine arme Frau hatte völlig den Kopf verloren.
Basson unterbrach sich und lachte. Er fuhr fort:
– Ach. Du bist einfach unverbesserlich.
– Yolande hatte Angst, stellte Bridet fest.
– Ich verstehe nicht, warum, bemerkte Basson, als sei es ihm unbegreiflich, wie man vor der Polizei Angst haben kann, wenn man sich nichts vorzuwerfen hat.
– Sie hat sich eingebildet, ich schwebte in Gefahr ...
– Sag mal, hat man dich wirklich festgenommen?
– Nein, es war bloß eine Überprüfung meiner Person.
– Das war es aber nicht, was Yolande mitteilen wollte.
– Da du dich um die Angelegenheit gekümmert hast, weißt du am besten, daß es nur darum ging.
– Ich weiß absolut nichts. Deshalb frage ich dich ja, fuhr Basson fort.
Man hätte meinen können, die Freundschaft, die ihn mit Bridet verband, sei derart, daß er sich für seinen Kameraden eingesetzt hatte, ohne vorher Erkundigungen einzuziehen und unabhängig von der Schwere der Vorwürfe gegen ihn.
– Ich sage es dir noch einmal: es handelte sich um eine Überprüfung meiner Person.
– Danach sah es aber nicht aus, ließ Basson nicht locker. Der Kommissar in Lyon wollte nicht hören. Sehr seltsam, all diese Hyper-Gaullisten! Ob man die Leute nun verhaften oder freilassen will: immer werfen sie einem Knüppel zwischen die Beine.

Bridet erzählte im einzelnen, was sich im Hotel zugetragen hatte.

– Ja, ja, das weiß ich. Aber war da nicht noch etwas anderes?

– Etwas anderes? fragte Bridet, plötzlich beunruhigt.

– Outhenin, kanntest du ihn in Paris? Weißt du, wen ich meine? Er pendelt gegenwärtig zwischen den zwei Zonen ...

– Nein, kenn ich nicht.

– Na ja, das ist unwichtig. Outhenin hat mir von einem Bericht erzählt. Er hat mir gesagt, daß sie nicht zufrieden waren.

– Wer »sie«?

– Nun ja, welche in Lyon und übrigens auch hier. Ich habe dir ja gesagt, ich bin nicht informiert.

– Ich verstehe nichts mehr, sagte Bridet. Ein Bericht? Worüber?

– Ich weiß auch nicht mehr.

– Aber du hast mir doch selbst gesagt, daß du alles geregelt hast.

– Ich habe alles geregelt, aber ich weiß nichts. Ich habe alles auf mich genommen, das war alles. Komm, sag mir die Wahrheit. Steckt dahinter nicht eine Geschichte mit dem Gaullismus?

– Hör mal, Basson, es ist vollkommen lächerlich. Das ist eine fixe Idee bei dir, der Gaullismus. Was hat der damit zu tun?

– Genau das frage ich dich. Yolande ruft mich an. Ich regele die Angelegenheit. Aber es gibt Schwierigkeiten. Weshalb? Und dieser Bericht, was ist damit?

– Welcher Bericht?

– Mir wurde von einer Akte berichtet.

– Woher soll ich das wissen? fragte Bridet.
– Also, du bist doch kein Kind mehr. Man hat doch immer eine gewisse Ahnung.
– Ich weiß absolut nichts, sagte Bridet im entschiedenen Ton dessen, der Klatsch unterbinden will.
– Diese Akte ist also eine reine Einbildung?
– Hast du nicht gefragt, ob du sie einsehen kannst?
– Ich hatte keine Zeit, und dann, du wirst verstehen, in deinem Interesse schien es mir klüger, nicht weiter nachzuhaken. Diese Geschichte ...
– Aber es gibt keine Geschichte! rief Bridet, der spürte, daß er sich jetzt eigentlich empören müßte, aber nicht konnte.
– Also: Wenn es eine Geschichte geben soll, gibt es auch eine, sagte Basson in spaßigem Ton, der im Widerspruch stand zur Tragweite dieser Enthüllung.
– Was?
– Ich weiß nicht, beschwichtigte Basson, als fürchte er, seinen Freund unnötig beunruhigt zu haben.
– Aber ich möchte wissen, sagte Bridet, dem es endlich gelang, etwas Wut zu simulieren.
– Ich werde Vauvray rufen. Du kennst ihn doch, oder? Er wird uns aufklären.
– Ja, ja, ich kenne ihn. Also, das ist schon ein Ding, daß du nichts weißt.
Kurz darauf trat Alain de Vauvray ins Büro.
– Sagen Sie, Monsieur de Vauvray, was ist eigentlich an dieser Sache mit unserem Freund Bridet dran?
– Ich weiß von nichts, sagte Vauvray mit einem freundlichen Lächeln zu Bridet gewandt. Die Angelegenheit liegt nicht in meinem Zuständigkeitsbereich. Wenn ich mich nicht täusche, liegt der Bericht beim Nachrichtendienst. Sie sollten eher Outhenin aufsuchen.

– Meine Worte, sagte Basson.
Bridet, der zwischen den beiden stand, wurde von einem leichten Schwindel ergriffen, der ihn einen Schritt zur Seite machen ließ. Damit es nicht auffiel, machte er zwei weitere, so als wäre ihm nach Gehen zumute. Er zündete sich eine Zigarette an, aber sein Gaumen war so trocken, daß er nicht rauchen konnte. Basson griff zum Telefon. Seit er in ein anderes Büro umgezogen war, besaß er eine richtige kleine Telefonzentrale. Er drückte einen Knopf, dann einen zweiten. Hinter einer Skalenscheibe aus Glas blinkte eine weiße Spirallinie auf.
– Sind Sie es, Outhenin? Sind Sie in der Avenue Victoria? Könnten Sie auf einen Sprung vorbeikommen? Ja, er ist in meinem Büro. Er ist außerstande, mir zu sagen, was sich ereignet hat. Gibt es nun einen Bericht oder nicht? Ja, Bridet ist hier. Die Geschichte muß einmal ein Ende haben. Aha, es gibt also einen Bericht ... Ich wußte nichts davon. Bringen Sie ihn doch einmal bei mir vorbei, wenn es geht. Gut, sehr schön, wir warten auf Sie.
Bridet, den dieses Gespräch immer nervöser gemacht hatte, spürte plötzlich, wie ihn die Wut packte.
Mit größter Anstrengung sich beherrschend, sagte er:
– Ihr müßt verdammt Unwichtiges zu tun haben, daß ihr euch die Zeit damit vertreiben könnt, über jeden eine Akte anzulegen.
Basson, ironisch:
– Akten anlegen, wir tun nichts anderes im Augenblick! sagte er und tat, als mache er sich über sich selbst und die Verwaltung lustig. Wir brauchen Archive. Ohne Archive können wir nicht arbeiten. Die Boches sind Idioten. Sie täten besser daran, sie uns zu übergeben. Das würde uns helfen. Nicht wahr, Vauvray?

Statt einer Antwort begann der zu lachen, wie jemand, der sich nicht bloßstellen will.

Outhenin war klein und stämmig, etwa 30 Jahre alt, mit schmaler Stirn und dichten Augenbrauen. Er hinkte leicht, da er während des »Feldzugs 39-40« an der Wade verwundet worden war. Kuriose Einzelheit: er trug weiterhin seinen Bart in Form der Maginot-Linie. Am Knopfloch des Kragens trug er ein Abzeichen aus bräunlichem Metall, in dem Bridet eine Axt auszumachen glaubte. Es war schwer nachvollziehbar, daß ein Mensch, der sich um etwas derart Wichtiges wie die Freiheit seiner Mitmenschen kümmerte, so medioker aussehen konnte. Er gehörte zum Nachrichtendienst. Für bestimmte Fälle war er aber auch Basson unterstellt. Er hatte den Blick eines intelligenten, geschickten und vorsichtigen Mannes, der seinen Vorgesetzten nur das Notwendigste an Respekt entgegenbringt.
Basson stellte ihm Bridet vor. Outhenin hatte lediglich ein Kopfnicken übrig, so als drohte diese Formalität ihn die Erläuterungen vergessen zu lassen, die er mitbrachte. Er reichte Basson eine blaue Mappe, die an einer Ecke mit der Nummer 864 gestempelt war. Basson öffnete sie. Bridet bemerkte sofort, daß sie lediglich einen Brief enthielt, an den ein Umschlag angeheftet war, was ihn in jene Unruhe versetzte, die im Entstehen begriffene Dossiers in uns auszulösen pflegen. Es war vorauszusehen, daß zu diesem Brief weitere Schriftstücke hinzukommen würden.
– Nennen Sie das eine Akte? fragte Basson mit leicht gereiztem Ton.
– Ja, sagte Outhenin.
Bridet versuchte, den Briefkopf umgekehrt zu lesen, konnte sich aber nicht konzentrieren.

– Ja, ja, sagte Basson, während er den Brief überflog. Aber das ist seine persönliche Meinung.
Outhenin schwieg. Er schien dem Dokument, das er gebracht hatte, keine Wichtigkeit beizumessen. Durch sein Schweigen ließ er allerdings erkennen, daß es dieses Dokument jedenfalls gab.
– Das ist nicht so schwerwiegend, sagte Basson und drehte den Brief, um ein Wort zu lesen, das quergeschrieben war.
– Was ist das? fragte Bridet.
– Dein Kommissar aus Lyon. Sie sind wirklich komisch, diese Provinzbeamten.
Und zu Outhenin gewandt:
– Ist das alles?
– Mir wurde nichts weiter übermittelt, antwortete Outhenin. Man müßte sich an Bavardel wenden. Solche Angelegenheiten unterstehen Bavardel.
– Was für Angelegenheiten? Und wer ist Bavardel? fragte Bridet.
– Oh, ein famoser Kerl.
Während Basson sich erneut Outhenin zuwandte, fügte er hinzu:
– Nicht nötig. Sie, Vauvray, haben nichts erhalten? Man hat Ihnen nichts geschickt?
– Nichts.
– Nun gut, warten wir es ab. Wir werden sehen. Da, Outhenin, nehmen Sie Ihr Gut wieder mit.
Kurz darauf erhob sich Basson, nahm Hut und Handschuhe.
– Ich muß weg.
Bridet wollte Basson folgen. Vauvray und Outhenin waren zusammen gegangen. Aber damit nicht der Verdacht auf-

kommen konnte, sie unterhielten sich noch unter vier Augen über die Angelegenheit, hatten sie sich, bevor sie die Tür wieder schlossen, ostentativ getrennt.
– Basson, sagte Bridet und versuchte, seinen Kameraden zurückzuhalten, ich bitte dich, bleib noch eine Minute. Ich muß mit dir reden.
– Ich habe keine Zeit.
– Eine Minute wirst du doch noch übrig haben. Was ist plötzlich in dich gefahren?
– Ich komme zu spät ... Ich komme zu spät.
– Ich gehe mit dir runter. Ich möchte schließlich wissen, was all diese Geschichten eigentlich bedeuten. Das ist ein starkes Stück.
– Ich wiederhole: ich habe keine Zeit. Im übrigen weiß ich nicht mehr als du ... Ich kann dir nichts weiter sagen. Du machst dir Illusionen über mich. Ich bin hier nicht alles.
Basson war bereits auf dem Flur. Er machte seinem Freund Zeichen, das Büro zu verlassen. Bridet ging schließlich hinaus. Basson zog die Tür zu, wandte sich von Bridet ab und entfernte sich. Er wollte offensichtlich nicht mit seinem Kameraden die Treppen hinuntergehen. Er trug eine übertriebene Hast zur Schau. Bridet rannte ihm hinterher.
– Und mein Geleitbrief? fragte er.
– Nichts Neues, sagte Basson und hielt für eine Sekunde an. Der Gouverneur hat noch nicht geantwortet. Komm in ein paar Tagen wieder. Ich hab keine Zeit.
Er kehrte Bridet den Rücken und ging.
Um Basson nicht auf dem Fuß zu folgen und, vor allem, um Haltung zu bewahren, trat Bridet zu dem Amtsdiener.
– Monsieur Basson empfängt doch täglich zwischen elf und zwölf, nicht wahr?
– Ja, Monsieur, täglich, aber er ist nicht oft da.

– Aha, gut, sagte Bridet, der das Gespräch noch etwas in die Länge ziehen wollte. Ich glaubte, daß im Augenblick ...
Der Amtsdiener lächelte.
– Wissen Sie, diese Herren haben ja so viel Arbeit ...

Bridet war im Begriff zu gehen, als sich die Tür von Zimmer 12 öffnete. Ein Mann erschien. Es war Rouannet.
– Ah! Monsieur Bridet, rief er aus, gerade wollte ich Sie aufsuchen. Können Sie einen Augenblick auf mich warten? Ich bin gleich wieder da.
Bridet begann die Halle mit großen Schritten zu durchmessen. Er spürte ein vages Gesumme um sich herum. Ihn betreffende Papiere zirkulierten von Büro zu Büro. Warum? Wie kam es, daß man ihm nichts erzählte? Es wurde immer bedrohlicher. Basson verhielt sich merkwürdig. Zunächst war er herzlich gewesen, und dann hatte sich sein Verhalten urplötzlich verändert. Und dieser Bericht? Ein Bericht über wen und worüber? Aber hatte nicht Rouannet soeben sehr freundlich mit ihm geredet? »In Wirklichkeit passiert gar nichts. Lediglich Yolande hat mit ihrem Telefonanruf einen Bock geschossen. Es ist immer dasselbe«, dachte er, während er sich Rouannet in Erinnerung rief, »die Fremden sind unkomplizierter und netter als die Freunde.«
Wenig später kam Rouannet wieder. Noch immer so respektvoll wie im Restaurant. Man spürte, daß er, aus Mangel an psychologischem Einfühlungsvermögen, sich einbildete, Bridet gehöre zu jener etwas gehässigen und verbitterten gesellschaftlichen Klasse, die nun die Macht übernahm und die, mochten einige Posten ihr auch noch durch die alten Elemente versperrt sein, demonstrierte, daß sie sich ihrer Stärke bewußt war.

– Bitte sehr, Monsieur Bridet, setzen Sie sich doch, sagte Rouannet, der einen Sessel vorschob und sich in Freundlichkeiten erging.
Bridet war überrascht, daß Rouannet ein so großes Büro innehatte und daß die Angestellten ebenso ehrerbietig ihm gegenüber waren wie er selbst gegenüber all diesen jungen Beamten.
– Ich war im Begriff, Ihnen zu schreiben, sagte Rouannet.
Bridet bemerkte, daß er sich seiner Rolle sehr viel klarer bewußt war als die Outhenin, Basson, Vauvray und Co. Er schien nicht zu glauben, daß alles schon, wie es so heißt, gelaufen sei. Er klingelte nicht wegen jeder Kleinigkeit.
– Einen Augenblick, sagte er, nachdem er nach einem Schriftstück gesucht hatte.
Er öffnete eine Tür, rief nach einer Sekretärin. Als sie auf sich warten ließ, ging er ins Nebenzimmer.
– Verzeihen Sie, sagte er beim Zurückkommen.
Er hatte die Tür offen gelassen.
– Bringen Sie mir den Geleitbrief für Monsieur Bridet, rief er, als niemand kam.
Er setzte sich wieder.
– Ich wollte Ihnen schreiben, fuhr er fort, und Ihnen mitteilen, daß Ihre Papiere fertig sind. Wir haben vorgestern eine Antwort auf unser Telegramm erhalten. Der Gouverneur hat selbstredend keinen Einwand gegen Ihr Kommen nach Afrika. Im übrigen sollte ich Ihnen sagen, daß unsere Anfrage ein reiner Höflichkeitsakt ihm gegenüber war. Er kann gar nicht anders, als ja sagen. Aber bevor ich Ihren Geleitbrief tippen lasse, wollte ich Sie fragen, ob es Ihnen nicht lieber wäre, er trüge den Vermerk »Hin- und Rückreise«. Das scheint mir klüger zu sein. Gesetzt den Fall, Ihnen gefällt es da unten nicht, müssen Sie nichts extra bean-

tragen, um zurückkehren zu können. Afrika ist sehr schön, aber glauben Sie mir, es ist besser, man hat, bevor man hinfährt, die Sicherheit, daß man auch wieder abreisen kann.

– Sie haben recht, sagte Bridet.

– Sehr gut. Ich werde Ihren Geleitbrief also auf eine Dauer von sechs Monaten ausstellen lassen. Das machen wir gewöhnlich so. Und heute nachmittag wird er zur Unterschrift vorgelegt.

– Wer muß unterschreiben? fragte Bridet, der plötzlich fürchtete, es könnte Basson sein.

– Der Bürochef des leitenden Direktors, Monsieur Reynier.

– Ah! Gut, das ist sehr gut ...

Bridet hatte das Gefühl, daß endlich das Glück auf seiner Seite war. Als er vorhin bei Basson saß, wußte der wohl noch nicht, daß die Antwort des Gouverneurs bereits vorlag. Um seinen Kameraden loszuwerden, hatte er irgendeine Antwort gegeben. Im übrigen hingen diese Formalitäten nicht mehr von ihm ab. Bridet tat nichts Böses, wenn er zu vergessen schien, was Basson gesagt hatte. Er würde doch wohl Rouannet nicht hindern, ihm seinen Geleitbrief auszustellen. Da dieser Beamte der Meinung war, er könne ihm ausgehändigt werden, würde Bridet ja wohl nicht einwenden: »Ja, aber, da ist noch das und jenes ...«

– Sie brauchen nur morgen wiederzukommen, sagte Rouannet. Es sei denn, Sie ziehen es vor, daß ich ihn in Ihr Hotel bringen lasse.

– Ich komme lieber wieder, sagte Bridet.

Beim Verlassen des Ministeriums verspürte Bridet gleichwohl ein gewisses Unbehagen. »Ich habe mich dumm benommen. Ich hätte Basson gegenüber nicht wieder von mei-

nen Papieren anfangen sollen. Er war einverstanden gewesen. Jetzt sieht es so aus, als würde ich etwas hinter seinem Rücken unternehmen, auf ihn keinen Wert mehr legen.«
Bridet ging essen. Er machte sich noch immer Gedanken. Vor allem die Geschichte mit der Unterschrift beunruhigte ihn. Würde Monsieur Reynier einfach so unterzeichnen, ohne sich weiter zu informieren, schlicht deshalb, weil man ihm das Schriftstück vorlegte? Hatte Basson ihm von Bridet erzählt? Würde dieser Monsieur Reynier nicht plötzlich aufstehen, zu Basson gehen und sagen: »Ich dachte, Sie wollten ihm keinen Geleitbrief geben?«
»Wenn Basson mir gegenüber eine Bemerkung macht«, überlegte Bridet, »brauche ich ihm nur zu antworten: Du bist so schnell weggegangen ... Ich habe nicht begriffen, was du mir gesagt hast ... Als Rouannet mich rief, war ich der Meinung, du wärst im Bilde, du selbst hättest die Dinge mit Rouannet arrangiert. Ich kann ja wohl kaum besser unterrichtet sein als deine Dienststellen.«
Doch wie sehr Bridet sich auch Mut zu machen versuchte, es wollte sich kein ruhiges Gewissen einstellen. Er spürte nur zu gut, daß es in seinem Verhalten etwas Zwiespältiges gab. Während des Essens ließen ihn diese Gedanken nicht los, und dann, gegen drei Uhr auf der Terrasse des Cafés, war es ihm leid, immer noch über diese Geschichte nachzudenken, und ihn überkam ein riesiger Ekel vor Vichy. Auf der Stelle wegfahren, nichts anderes war zu tun. Nie wieder würde er einen Fuß in diese gräßliche Stadt setzen. Von dieser Sorte Menschen war nichts zu erwarten. Man ließ ihn zappeln. Man suchte ihn in eine groteske Lage zu bringen. Möglich sogar, daß das alles eine kombinierte Aktion war. Rouannet, Reynier, Basson steckten unter einer Decke. Sie spielten ihm etwas vor. »Wie, Sie haben das getan? Sind Sie

sich der Schwere ihrer Handlungen denn bewußt?« Besser, er würde sofort abfahren. Sollten sie doch ihren Geleitbrief bei sich behalten.
Nachdem der Wutanfall vorüber war, traf Bridet die Entscheidung, die ihm als die einfachste erschien. Komme, was wolle, er würde Vichy am nächsten Tag verlassen, aber vorher würde er noch einmal ins Ministerium gehen. Er würde Rouannet verlangen. Wenn der sich drückte, wenn der Geleitbrief noch nicht unterschrieben war, würde Bridet so tun, als sei er überhaupt nicht überrascht. Er würde, um keinen Verdacht zu erregen, sagen, daß er am nächsten Tag nachmittags wiederkommen würde, tatsächlich aber würde er sich unverzüglich und ohne Zaudern oder Bedauern zu Fuß nach Cusset aufmachen. Dort würde er einen Bus nach Saint-Germain-des-Fossés nehmen und da in den nächsten Zug nach Lyon steigen. Auf diese Weise würde er die Überwachung auf dem Bahnhof von Vichy umgehen.
Nachdem er diesen Kurs festgelegt hatte, kam ihm in den Sinn, daß er inzwischen nichts unversucht lassen sollte, das seine Position gegenüber den Polizeibeamten stärken könnte. Statt ziellos in den Straßen herumzulaufen, würde er sofort Laveyssère einen Besuch abstatten. Er würde ihm keine Fragen stellen, würde von dem und jenem sprechen, würde zu verstehen geben, daß er sich an Vichy gewöhne, daß es ihm hier sogar gefalle, daß er keineswegs in Eile sei, von hier wegzukommen. Gelegentlich würde er allerdings diskret einen Hinweis auf eine mögliche Abreise einfließen lassen. Eventuell nach Afrika. Im Innenministerium kümmere man sich gerade um ihn. Man sei dabei, ihm einen Geleitbrief auszustellen. Man habe dem Gouverneur von Algerien telegrafiert. Er wisse nicht, ob der geantwortet habe. Basson habe nichts erhalten. Andererseits scheine bei der

entsprechenden Dienststelle eine Antwort eingegangen zu sein. Er wolle morgen im Hôtel des Célestins vorbeischauen, um zu erfahren, woran er sei. Aber im Grunde liege ihm die Abreise gar nicht mehr so am Herzen. Als er nach Vichy gekommen sei, habe er geglaubt, Frankreich in den Kolonien am besten dienen zu können. Seitdem habe er mit vielen gesprochen, und jetzt habe er das Gefühl, hier an Ort und Stelle noch nützlicher zu sein.

Vor dem Hôtel du Parc angekommen, wagte er nicht einzutreten. Es war verrückt, aber er hatte Angst, daß alle diese Militär-, Zivil- und städtischen Polizisten, die vor dem Eingang Wache standen, die in der Halle ein- und ausgingen und sich pausenlos berieten, ihn, statt ihn einfach ins Büro von Laveyssère zu führen, einem Verhör unterwerfen könnten, aus dem er womöglich nicht ungeschoren davonkommen würde.

Er schlenderte unter dem endlosen Glasdach des Schotterwegs am Boulevard Albert I. dahin. Er war offenkundig nicht Manns genug, es mit all diesen Leuten aufzunehmen.

KAPITEL 7

Am nächsten Tag stand Bridet sehr früh auf. Er hatte beschlossen, seine Hotelrechnung zu begleichen und seinen Koffer in einem kleinen Café nahe der Bushaltestelle unterzustellen. Erst danach würde er sich zum Ministerium begeben. So würde er sich freier fühlen. Komme, was wolle, er würde noch am selben Tag abreisen, mit oder ohne Papiere.

Im Büro des Hôtel des Deux Sources war niemand. Er

klopfte an der Glastür, öffnete sie in der Hoffnung, das Geräusch werde jemandes Aufmerksamkeit auf ihn lenken. Er stellte seinen Koffer auf das Sofa aus Bambusrohr im Entrée und betrat dann den langen Flur gegenüber der Treppe. Am Ende des Flurs war eine Tür, die zu einem benachbarten Café führte. Bridet hatte sich öfter gefragt, ob Hotel und Café ein und derselben Besitzerin gehörten, so verschieden war die jeweilige Kundschaft. Er öffnete die Tür halb. Auf der Theke lagen statt der Croissants getoastete Schnitten minderwertigen Brots.

– Ist die Besitzerin des Hotels da? fragte Bridet. Ich gebe mein Zimmer auf und möchte gern die Rechnung begleichen.

– Ist sie nicht in ihrem Büro?

– Nein.

– Warten Sie, ich werde nachsehen.

Eine korpulente Frau in weißer Schürze ging auf die Suche nach der Besitzerin.

– Sie ist vermutlich in ihrem Zimmer, sagte sie, nachdem sie drei oder vier Türen geöffnet hatte.

Bridet wartete vor dem Büro. Niemand hatte bislang das Hotel verlassen, da noch kein Schlüssel am Schlüsselbrett hing. Bridet rieb sich die Hände. Diese Manie überkam ihn immer nach dem Waschen. Seit dem Aufwachen fragte er sich, welches wohl die günstigste Zeit sei, bei Rouannet aufzutauchen. Neun Uhr dreißig war noch etwas früh, obwohl man in Vichy damit prahlte, Frühaufsteher zu sein. Zehn Uhr, ja, zehn Uhr, das war nicht schlecht. Oder Viertel nach zehn. Nur könnte dann Basson bereits eingetroffen sein. »Ich hätte mich gestern beim Amtsdiener danach erkundigen sollen, schließlich suchte ich nach einem Gesprächsvorwand.«

In diesem Augenblick bemerkte er die korpulente Frau in weißer Schürze, die vom ersten Stock zurückkam.
– Madame kommt gleich herunter, sagte sie.
Kurze Zeit später erschien die Besitzerin des Hotels. Es war eine blonde, schon etwas in die Jahre gekommene Frau. Sie trug einen knallbunten Morgenrock. Dennoch machte sie einen hochachtbaren Eindruck. »Sie hat meine Rechnung bereits vorbereitet«, dachte Bridet, als er sah, daß sie einen Briefumschlag in der Hand hielt. »Sie hat sich beeilt.«
– Sie reisen ab, Monsieur? fragte sie und gab dabei Bridet den Umschlag.
– Ja.
– Gut. Ich schreibe Ihre Rechnung.
– Ist das nicht die Rechnung? fragte Bridet und wies auf den Umschlag.
– Nein, nein. Das ist ein Brief, der Ihnen heute morgen gebracht wurde.
Bridet spürte, wie sich sein Herz zusammenschnürte.
– Warum haben Sie ihn nicht in mein Fach gelegt?
– Man bat mich, den Brief persönlich auszuhändigen.
Bridet zerriß den Umschlag, doch zitterte er dabei so sehr, daß er den Inhalt mit zerriß. Er hielt die beiden Teile aneinander und las:
»Französischer Staat.
Nationale Sicherheit.
Büro des Direktors.
H. C. 17.864.
Vichy, den 13. Oktober 1940.
Monsieur Joseph Bridet wird gebeten, Donnerstag morgen um 10 Uhr wegen einer ihn betreffenden Angelegenheit die Nationale Sicherheit, Rue Lucas 18, aufzusuchen.
Für den leitenden Direktor.«

Auf einem roten Stempel stellte eine Art Schlange die Unterschrift dar. In Handschrift und unterstrichen stand quer das Wort »Vorladung«.

– Hier ist Ihre Rechnung, sagte die Besitzerin.

Bridet betrachtete erstaunt den langen schmalen Papierstreifen im Rechnungsformat, der ihm gereicht wurde. Während er die Vorladung las, hatte sich die Hotelbesitzerin an ihren Schreibtisch gesetzt. Sie hatte einen Federhalter gesucht, ein Tintenfaß geöffnet, in ihren Büchern nachgeschaut, eine Aufstellung der Zuschläge gemacht, alle Zahlen auf einem Extrapapier addiert und die Gesamtsumme auf die Rechnung übertragen. Sie war aufgestanden, hatte ihm die Rechnung überreicht. Alles das hatte sie getan, und er hatte nichts davon mitbekommen.

Bridet zahlte und verließ das Hotel. Ineinander verfließende graue Wolken bedeckten den Himmel. Es war acht Uhr dreißig. Nur wenige Menschen waren auf der Straße. Als hätte es am Vorabend ein Fest gegeben. Die Stühle standen noch kreuz und quer um den Musikpavillon. Einige standen für sich unter den Bäumen, andere waren umgeworfen oder standen zu fünft oder sechst oder paarweise herum, wie Grüppchen älterer Damen oder wie Liebespaare. Bridet hörte singen. Eine Abteilung junger Männer in Uniform, aber unbewaffnet, marschierten erhobenen Haupts mit stolzer Verachtung vorüber. Immer wieder kam das Wort »Hoffnung« über ihre Lippen.

Bridet lief einige Minuten vor sich hin, gedankenlos, als sei nichts passiert, auf die allernormalste Weise, kraft jener instinktiven Reaktion, in der wir angesichts von Elend und Schmerz unser Gefühl so lange wie möglich verbergen.

Dann machte er halt, las erneut die Vorladung. »Das wär's also ...«, murmelte er. Er erinnerte sich an den Vortag.

»Das wär's also. Sie werden sagen, daß ich versucht hätte, mir meine Papiere zu erschleichen. Sie werden mich einsperren. Jetzt haben sie ein Motiv. Ich habe selber gespürt, daß ich das nicht hätte tun dürfen. Wie konnte ich mir auch nur eine Sekunde lang einbilden, ich könnte sie hintergehen? Sie müssen fuchsteufelswild sein! Den Coup hat dieser Bartträger Rouannet angezettelt. Er steckt mit Basson unter einer Decke. Alles war abgekartet, und ich bin ihnen wie ein Idiot ins Garn gegangen.«
Bridet kreuzte erneut den Trupp, dem er bereits begegnet war und dessen Offizier, der an der Spitze marschierte, sich kein einziges Mal umdrehte, so überzeugt war er von der perfekten Haltung seiner Männer.
In diesem Augenblick hatte Bridet das Gefühl, daß ihm nichts vorgeworfen werden konnte. Seine Verteidigung war einfach. Er war ohne Hintergedanken. Er hatte nicht geglaubt, falsch zu handeln. Er würde der Nationalen Sicherheit sagen, daß er sich gerade vorgenommen habe, Monsieur Basson aufzusuchen. Der Name würde seine kleine Wirkung nicht verfehlen. Er würde sagen, daß es Monsieur Rouannet gewesen sei, der ihn angesprochen und als erster seinen Geleitbrief erwähnt habe. Er habe sich keine Sekunde vorstellen können, daß Monsieur Rouannet seine Befugnisse überschreite. Er würde sagen: »Ich hatte keine Ahnung. Wie hätte ich denn einem Beamten mißtrauen können?«
Nachdem Bridet sich vergewissert hatte, daß niemand ihm folgte, überlegte er, daß er schließlich immer noch frei war. Er könnte die Vorladung auch nicht erhalten haben, sich dort nicht einfinden. In der Tat, hätte er beim Hinausgehen nicht nach der Besitzerin gefragt, hätte sie ihm die Vorladung nicht aushändigen können. Nichts hinderte ihn, im-

mer noch abzureisen. Er könnte sehr gut den ersten Bus nach Saint-Germain-des-Fossés nehmen, verschwinden.
Während er so ging, schöpfte er neuen Mut. Was bewies denn, daß diese »ihn betreffende Angelegenheit« gefährlich für ihn war? Diese Angelegenheit erwies sich vielleicht sogar als eine glückliche Fügung. Man hatte beschlossen, ihn mit einer Mission zu betrauen. Man wollte ihn einfach nur um eine Auskunft bitten. Gegen ihn lag nichts Schriftliches, nichts Greifbares vor. Er hatte ja auch nichts getan. Er hatte zwar vor einiger Zeit einer Reihe von Leuten gesagt, daß er sich de Gaulle anschließen wolle, aber wenn sie alle festnehmen wollten, die genau dasselbe gesagt hatten ... Andererseits hatte er, seitdem er hier war, mehr als einmal erklärt, wie sehr er den Marschall bewundere. Er hatte unlängst vielleicht sogar etwas dick aufgetragen, als er Laveyssère gegenüber sagte, er verehre ihn.
Angenommen, die Äußerungen, die er andernorts hatte fallen lassen, waren bestimmten Leuten zu Ohren gekommen: Aus welchem Grund sollte ihnen mehr Glauben geschenkt werden als denen, die er heute von sich gab? Alles, was sie gegen ihn tun konnten, war, daß sie ihr Mißtrauen bezeugten, ihn auf Distanz hielten. Letztlich lud man ihn vielleicht nur vor, um ihm mitzuteilen, daß man ihm den Geleitbrief nicht geben könne. Man würde ihm sagen, daß man nach reiflicher Überlegung der Ansicht sei, seine Abreise sei inopportun. Dieses Wort »inopportun« war zur gegenwärtigen Stunde sehr geschätzt. Es war von jener glatten Festigkeit, die den Autoritäten von Vichy so ungemein gefiel.

KAPITEL 8

Punkt zehn Uhr kam Bridet in der Rue Lucas an. Er hatte darauf verzichtet, seinen Koffer in einem Café an der Bushaltestelle unterzustellen, aus Angst, man könne ihm, gesetzt, man verfolgte ihn, unterstellen, er wolle der Vorladung nicht Folge leisten. Er hatte ihn einem Ladenbesitzer anvertraut, der ihn allerdings nicht ohne weiteres hatte aufbewahren wollen.

Die Rue Lucas, ganz nahe am Park gelegen, war eine vollkommen ruhige Straße. Kein Geschäft weit und breit. Dafür hing an nahezu jedem Haus ein prunkvolles Arztschild. Nur mit Mühe fand Bridet das Büro der Nationalen Sicherheit. Nichts wies draußen darauf hin. Auch im Eingang war nichts zu sehen. Er öffnete eine Glastür, die in eine weiträumige Halle führte, in deren Mitte die Haupttreppe nach oben ging. An der ziselierten Kupferkugel am Ende des Treppengeländers hing ein Kartonschild. Darauf standen die beiden Wörter »Nationale Sicherheit«, aber ohne Nennung des Stockwerks.

Da es hier keine Concierge zu geben schien, ging Bridet wieder hinaus und klopfte an ein Fenster im Hof. »Das ist der Beamtengeist«, dachte er bei sich. »Diese Herren dünken sich unentbehrlich. Ohne sie geht nichts, nicht wahr? Wer sie aufsuchen will, muß sich eben die Mühe machen, sie zu finden. Es ist ja wohl nicht an ihnen, sich zu bemühen.«

Die Räume der Nationalen Sicherheit lagen in der Wohnung im Zwischenstock. An der Tür standen lediglich die Öffnungszeiten. Bridet klingelte. Es war lächerlich, aber die Tatsache, daß an der Tür nicht stand, man solle unaufgefordert eintreten, war ihm unangenehm. Keine Reaktion. Er

drehte den Türknopf und fand sich in einem Vorzimmer wieder, in dem ein weißer Holztisch und ein Stuhl für einen Angestellten standen. Der war nicht da. Bridet las das Wort »Auskunft«. Er klopfte an eine Tür.
– Treten Sie ein, rief es.
Er fand sich vier Männern gegenüber, jeder saß vor seinem eigenen kleinen Schreibtisch. Er hatte den Eindruck, sie bei einem Gespräch unterbrochen zu haben. Die Männer musterten ihn. Bridet näherte sich dem, der der Tür am nächsten saß, und reichte ihm die Vorladung. Der Beamte las sie wohl mehrmals, denn er verharrte eine Weile, die Augen auf die wenigen Zeilen gerichtet.
– Monsieur Bridet, das sind Sie? fragte er schließlich.
– Ja, das bin ich.
– Monsieur Joseph Bridet?
– Ja, ja.
Der Beamte, der es sichtlich bedauerte, keine weiteren Fragen mehr zu finden, wandte sich zu seinen Kollegen.
– Der Chef ist noch nicht gekommen, oder?
Einen Augenblick dachte Bridet, er könne dies ausnutzen und wieder gehen. Er sagte:
– Würden Sie in diesem Fall so freundlich sein und mitteilen, daß ich da war und später wiederkommen werde?
Die vier Männer schauten sich an.
– Wenn Sie vorgeladen sind, ist es besser, Sie warten, sagte einer von ihnen.
– Ich war für zehn Uhr vorgeladen.
– Ja, ja, ich weiß, der Herr Direktor wird nicht mehr lange auf sich warten lassen, sagte ein anderer, der höflicher als seine Kollegen erscheinen wollte.
– Ah, sehr schön, sagte Bridet.

– Setzen Sie sich nur in den Vorraum. Gewöhnlich ist er immer da, er hat sich nur verspätet.
Bridet nahm auf einer Holzbank aus polierter Eiche Platz, die an der Wand stand. Eine Birne ohne Lampenschirm erhellte das Vorzimmer. Etwas Helle drang auch durch eine Tür aus Opalglas, vermutlich die der früheren Küche. Es gab keinen Teppich, doch steckten im Parkett noch Kupfernägel. An einer Wand, nicht in der Mitte, etwas im Halbdunkel, hing eine kleine Fotografie von General Weygand. Er war in Uniform, aber ohne Kopfbedeckung, das gab ihm das Aussehen eines unabhängigen Menschen, der bereit ist, den Weg einzuschlagen, der ihm im gegebenen Moment als der beste erscheint.
Dann und wann öffnete sich die Eingangstür. Niemand schien sich um die Anwesenheit Bridets zu kümmern. Die Besucher betraten ohne Zögern den Flur, öffneten kurz eine Tür, schlossen sie wieder.
Bridets Unruhe hatte sich etwas gelegt. Er sagte sich, daß der Direktor, wäre es wirklich um etwas Schwerwiegendes gegangen, sich nicht verspätet hätte. Daß es ihn so wenig drängte, ihn zu empfangen, war der Hinweis, daß er mit Wichtigerem beschäftigt war. Bridet zündete sich eine Zigarette an. Er bemerkte, daß die Schlösser entfernt worden waren, vermutlich durch die früheren Mieter, und daß nun an deren Stelle in den Türen zwei-Francs-große Löcher waren. Dieses Detail hatte etwas Sympathisches. Man hielt sich offenbar nur kurz an diesem Ort auf. Man dachte offenbar nicht daran, die Leute festzunehmen.
Nach einer halben Stunde Warten erhob sich Bridet und begann, im Vorzimmer hin und her zu laufen. Die Besucher, die er hatte eintreten sehen, waren bereits wieder gegangen. Einige waren sogar bereits ein zweitesmal erschienen. Es

wurde lästig, immer noch da zu sein. Im übrigen, vielleicht war der Direktor schon eingetroffen, und man hatte vergessen, Bridet zu benachrichtigen.
Er klopfte sachte an die Tür des Zimmers, in dem die vier Beamten saßen.
– Wir wüßten es, wenn er da wäre, sagten sie.
Bridet nahm wieder in der Vorhalle Platz. Er überlegte, daß er einfach eine Nachricht hinterlassen könnte, daß er da gewesen sei, daß er gewartet habe, wegen einer Verabredung aber habe gehen müssen.
In diesem Augenblick hielt ein elegant gekleideter junger Mann, der aus dem hinteren Teil der Wohnung gekommen war, vor ihm.
– Sie sind Monsieur Bridet? fragte er.
– Ja.
– Monsieur Saussier entschuldigt sich wegen der Verspätung. Er wird in spätestens einer Viertelstunde kommen. Er bittet Sie zu warten.
– Das ist sehr unangenehm, sagte Bridet, gestärkt durch den höflichen Ton. Ich muß nämlich gleich Monsieur Basson im Innenministerium aufsuchen. Ist es bereits elf Uhr?
Der junge Mann schaute auf seine Uhr.
– Es ist noch nicht elf, sagte er.
– Ja, aber die Strecke dahin braucht ihre Zeit.
– Möchten Sie, daß ich Monsieur Basson anrufe und ihm mitteile, daß Sie hier sind?
– O nein, nicht nötig.
– Möchten Sie selbst anrufen?
Bridet tat so, als finde er die Idee hervorragend, um dann plötzlich, als besinne er sich eines Besseren, zu erklären:
– Na ja, er wird schon auf mich warten.

Bridet nahm wieder Platz. Eine weitere halbe Stunde verging, unterbrochen von immer häufigerem Kommen und Gehen. Von Zeit zu Zeit erschien der elegante junge Mann und bat den Besucher um ein wenig Geduld. Schließlich, wie überrascht, nicht schon früher auf diesen Gedanken gekommen zu sein, sagte er zu ihm:
– Kommen Sie doch in mein Büro. Dort ist es bequemer. Verzeihen Sie, daß ich nicht früher daran gedacht habe.
– Es ist nämlich schon elf Uhr dreißig, bemerkte Bridet.
– Wenn Sie sich wegen Monsieur Basson Sorgen machen sollten, kann ich Sie beruhigen. Ich habe gerade im Innenministerium angerufen. Er kommt heute morgen nicht.
– Na gut, das ändert alles, sagte Bridet wie erleichtert. Ich kann warten.
Im hinteren Teil des Flurs war ein Verschlag, in dem ein auseinandergenommener Eßzimmerschrank und eine Matratze lagerten. Der Sekretär öffnete eine weitere Tür. Zur großen Überraschung Bridets führte sie zu einer ganz neuen kleinen Innentreppe.
– Wir nehmen den kürzesten Weg, sagte der Sekretär. Lassen Sie mich bitte vorgehen, ich zeige Ihnen den Weg.
– Aber wo gehen wir denn hin? fragte Bridet.
– Einen Stock höher.
Wenig später befand sich Bridet in einer weiteren Wohnung, die nicht mit der zu vergleichen war, die er gerade verlassen hatte. Sie war luxuriös möbliert. Vom Vestibül aus, dem ein roter Teppich, dreiarmige Wandleuchten und eine Art Serviertisch mit vergoldeten Beinen ein vornehmes Gepräge gaben, sah man durch die Scheiben einer Flügeltür in einen ebenso prunkvollen Salon.
– Ich werde den Herrn Direktor in Kenntnis setzen, sagte der Sekretär. Er dürfte jetzt gekommen sein.

Bridet überkam ein Rucken, ähnlich einem stillen Schluckauf. Was bedeutete dieses seltsame Gebaren des eleganten jungen Mannes? Warum erklärte er jetzt, der Direktor sei da, wo er doch einfach nur gekommen war, um den Besucher an einen etwas bequemeren Ort zu führen? Bridet blieb keine Zeit, länger darüber nachzudenken. Der Sekretär öffnete die Glastür.

– Kann Monsieur Bridet eintreten? fragte er.

Die Antwort drang in das Vestibül:

– Selbstverständlich.

Der Sekretär verschwand, und Bridet fand sich plötzlich in dem hellen und freundlichen großen Zimmer. Zur Linken sah er im Hintergrund, hinter einem Schreibtisch, der vom Vestibül nicht zu sehen war, einen Mann sitzen. Dieser Mann erhob sich. Der Mann hatte flaches, schütteres Haar, wie auf den Kopf gemalt. Er trug einen gestärkten Kragen und in seinem Knopfloch eine winzige Rosette der Ehrenlegion, deren kräftiges Rot durch die dunkle Farbe des Sakkos hervorgehoben wurde. Bridet hatte sofort das Gefühl, nicht mehr wie bisher in Gegenwart von Gleichaltrigen zu sein, jungen Männern, die durch rätselvolles Mienenspiel Eindruck schinden wollten, sondern in Gegenwart eines wirklichen hohen Beamten. Dieser Monsieur Saussier war sichtbar jemand. Was er war, hatte er nicht der Niederlage zu verdanken. Er mußte bereits vor dem Krieg andere wichtige Posten bekleidet haben.

– Bitte entschuldigen Sie, sagte Monsieur Saussier, daß ich Sie habe warten lassen. Setzen Sie sich. Ich bat Sie, mich aufzusuchen, weil ich einiges mit Ihnen zu besprechen habe.

– Das macht doch nichts, Monsieur, das ist doch selbstverständlich.

– Sie sind, wenn ich mich nicht täusche, ein großer Freund unseres sympathischen Basson.
– Ich bin kein großer Freund Bassons. Lediglich ein Freund, antwortete Bridet vorsichtig.
– Sie waren aber doch erfreut, ihn wiederzusehen?
– Sehr erfreut, sagte Bridet.
– Wußten Sie, daß er hier ist?
– Ich habe es in Lyon erfahren.
– Wie? fragte Monsieur Saussier gleichgültig.
Man spürte, daß er etwas verlegen war, als ein Mann von seiner Stellung derart harmlose Fragen zu stellen. So tat er denn auch, indem er sich Notizen machte, als ob er, mit anderem beschäftigt, lediglich spräche, um den Gesprächsfaden nicht reißen zu lassen.
– Ganz einfach. In den Wochen nach dem Waffenstillstand haben wir alle versucht, zu erfahren, was aus unseren Freunden, und manchmal auch, was aus Leuten, die uns eigentlich gleichgültig waren, geworden ist.
– Ja, ja. Das ist mir auch so ergangen. Was für Erinnerungen!
– Im übrigen habe ich nicht nur ihn aufgesucht. Sondern auch Laveyssère, den Sie sicherlich kennen. Er ist im Kabinett des Marschalls. Er ist einer meiner Freunde oder vielmehr ein Freund der Familie meiner Frau. Die Mutter von James Laveyssère ist eine geborene Quatrefage. Mein Schwiegervater war lange Zeit der Direktor der F.A.L., der Französisch-Lateinamerikanischen Schiffahrtsgesellschaft, zu deren Gründern Monsieur Laveyssère senior gehört.
– Ja, ja, aber weichen wir nicht zu sehr von unserem Thema ab. Kommen wir auf Basson zurück. Sie hatten ihn gebeten, nach dem, was mir erzählt wurde, Ihnen bei der Ausreise zu helfen, so war es doch, nicht wahr?

– Nicht ganz. Ich habe ihm gesagt: »Ich möchte mich in den Dienst des Marschalls stellen.« Mein Eifer hat ihm ein leichtes Lächeln entlockt. Er hat mir geantwortet: »Das ist sehr schön von dir, aber hast du etwas anzubieten?« Mir kam dann der Gedanke an unsere Kolonien. Ich habe ihm gesagt: »Ihr solltet vertrauenswürdige Männer dorthin schicken.«
– Und was hat Basson Ihnen geantwortet?
– Er hat mir recht gegeben. Er hat mir im übrigen gesagt, daß genau das getan werde und er mich dorthin schicken werde, sobald er könne. Ich glaube übrigens, daß dies im Gang ist. Ich sollte just diesen Morgen im Innenministerium vorbeikommen. Ich kann es nicht beschwören, aber mir scheint, daß meine Papiere fertig sind.
Monsieur Saussier schien sich über diese Nachricht zu freuen.
– Alles in allem war Basson sehr nett zu Ihnen, sagte er.
– Sehr.
Saussier drückte auf einen Knopf. Ein Mann erschien in der Tür, weniger nach Art eines Sekretärs als mit der Vertrautheit eines Verwandten oder Freundes.
– Kommen Sie, Schlessinger.
Es war ein hochgewachsener, schlanker, leicht gebeugter Mann mit einer feingeschwungenen langen Adlernase. Er trug einen Kneifer mit Goldrand. Er kokettierte damit, sich älter zu machen, indem er seine Zigarettenasche auf seine Kleidung fallen ließ. Seine Herkunft war schwerer auszumachen als die Outhenins, Bassons, Vauvrays, Rouannets oder sogar Saussiers. Er machte den Eindruck eines Akademikers, der selbst nicht Politik betrieb, es aber verstanden hatte, sich in den Kreisen, die es taten, unentbehrlich zu machen. Er mochte gedacht haben, daß die langen Jahre sei-

nes Studiums ihm eher dort Anerkennung einbringen würden, wo sie nicht nötig waren. Er hatte vielleicht dem Ziel, für das er einst studiert hatte, entsagt und das Jugendideal Erwägungen geopfert, die rascher Früchte trugen.
Bridet lächelte. In Wirklichkeit war er in einem Zustand höchster Nervosität. Er verstand nicht mehr, was vor sich ging. Er sah nicht, weshalb man ihn vorgeladen hatte. Man schien Wert darauf zu legen, einige Gedanken mit ihm auszutauschen. Aber man lädt doch bei der Polizei nicht Leute vor, nur um Gedanken mit ihnen auszutauschen ...
Monsieur Saussier wandte sich an seinen Mitarbeiter.
– Ich möchte Ihnen wiederholen, was mir Monsieur Bridet gerade gesagt hat. Es ist äußerst interessant.
– Ah, gut, in dem Fall warten Sie doch bitte einen Augenblick, sagte Schlessinger. Ich hole meine Aktenmappe.
Bridet schaute den Leiter der Nationalen Sicherheit erstaunt an. Was hatte er denn so Interessantes gesagt?
Schlessinger kam wenig später zurück. Er nahm nahe dem Schreibtisch Platz, räumte einige Papiere zur Seite und legte seine Mappe vor sich hin.
– Setzen Sie sich doch auf meinen Platz, sagte Saussier. Das ist bequemer.
– Oh, danke, nicht der Mühe wert, antwortete Schlessinger und warf dabei einen Blick auf seine Armbanduhr. Sie wissen, es ist jetzt halb eins. Vielleicht wäre es besser, wir würden heute nachmittag beginnen.
– Ich brauche nur einige Minuten. Ich ziehe es vor, daß Sie Bescheid wissen. Wir machen, wenn nötig, heute nachmittag weiter. Ich fasse kurz die Erklärungen von Monsieur Bridet zusammen.
– Die Erklärungen?! Monsieur Bridet lachte auf. Das Wort ist etwas zu feierlich ...

– Nun, fuhr Saussier fort, der diese Unterbrechung nicht gehört zu haben schien, Monsieur Bridet behauptet, im Wunsch, unserer Regierung zu dienen, aus freien Stücken nach Vichy gekommen zu sein, ohne von jemanden eingeladen worden zu sein, um mit Freunden Kontakt aufzunehmen. Er hat Basson, Monsieur Laveyssère gesehen. So ist es doch, Monsieur Bridet?
– In der Tat, nur mit der kleinen Nuance, daß ich es nicht behaupte, denn es ist die Wahrheit.
– Das stimmt nicht ganz mit dem überein, was mir Basson berichtet hat, bemerkte Schlessinger, der seine Mappe noch nicht geöffnet hatte.
– Sie glauben also, es war Basson, der den ersten Schritt getan hat? fuhr Saussier fort.
Bei diesen drei Worten »den ersten Schritt« lief es Bridet kalt über den Rücken. In diesem Augenblick wandte sich Schlessinger ihm zu. Er hatte eine Zigarette im Mund. Der Rauch ließ ihn blinzeln.
– Sie behaupten, Basson niemals woanders als in Vichy gesehen zu haben, zum Beispiel in Lyon?
– Niemals, rief Bridet, der zum ersten Mal den Eindruck hatte, daß es nicht mehr um ihn ging, sondern um Basson.
Dieser hatte etwas Schwerwiegendes begangen. Da er nicht vor seinen Kollegen darüber Rechenschaft ablegen konnte, leitete ein der Polizei nicht angehörender, aber mit ihr verbundener Beamter die Untersuchung.
Sein Blick verschwamm, als habe sich eine fremde Flüssigkeit über die Hornhaut ausgebreitet. Wenn Basson sich etwas hatte zuschulden kommen lassen, dann hatte sich Bridet, indem er seine Freundschaft zu ihm herausgestellt, sich auf sie berufen hatte, als sein Komplize zu erkennen gegeben.

Schlessinger öffnete seine Mappe. Er entnahm ihr einige Schriftstücke und reichte sie Saussier, der sie aufmerksam durchlas.

– Vauvray und Keruel wären demnach vom Nachrichtendienst getäuscht worden, bemerkte Saussier kurz darauf.

– Warum?

– Ich war der Meinung, es gäbe kein Duplikat.

– Doch, doch, Hild ist nicht so dumm. Er kennt sie.

Seit einer Minute grübelte Bridet darüber nach, wie er wieder auf das von ihm Gesagte zurückkommen, wie er seiner Freundschaft zu Basson etwas von der Bedeutung nehmen könnte, die er ihr unvorsichtigerweise gegeben hatte. Er schwitzte derart, daß der Schweiß bis in den Kragen floß und dessen Rand benetzte. Ihm war keine Replik im Dialog der beiden Polizeibeamten entgangen, aber diese Männer waren Virtousen in der Kunst, sich vor Dritten durch Andeutungen verständlich zu machen.

– Sie machen mich neugierig, meine Herren, sagte er, bemüht, ungezwungen zu erscheinen. Worum handelt es sich eigentlich?

– Basson hat bestätigt, Sie tatsächlich zu kennen, Sie hätten ihn aufgesucht und bestürmt, er hätte Sie aber immer abblitzen lassen und keine Sekunde daran gedacht, Ihnen einen Geleitbrief für Afrika zu verschaffen. Er ist sogar noch deutlicher geworden: Sie würden ihm kein Vertrauen einflößen.

– Wie?! tat Bridet ganz empört. Soll ich ihn vor Ihren Augen anrufen?

Die beiden Polizeibeamten verständigten sich durch ein Zeichen.

– Er hat kein Telefon mehr, konnte sich Monsieur Saussier nicht verkneifen zu sagen.

– Versuchen Sie, nach dem Essen im Hôtel du Parc vorbeizukommen, ließ sich Schlessinger vernehmen. De la Chazelle sollte uns die Telegramme anvertrauen, zumindest bis heute abend.
Bridet erhob sich halb.
– Ich bestehe darauf zu telefonieren, wiederholte er.
– Verlieren Sie nicht die Nerven, Monsieur Bridet.
– Ich bin seit drei Stunden hier. Wenn so die Menschen behandelt werden, die dem Marschall dienen möchten!
– Achten Sie bitte darauf, was Sie sagen, Monsieur Bridet.
– Der Marschall weiß sicher nicht, was in seinem Umkreis geschieht. Er würde es nicht zulassen, wenn er es wüßte.
Saussier und Schlessinger warfen sich einen Blick zu.
– Sie beginnen, des Guten etwas zuviel zu tun, bemerkte der Direktor der Nationalen Sicherheit. Lassen Sie den Marschall in Frieden.
– Wir werden unser Gespräch wieder aufnehmen, sagte Schlessinger mit einem Blick auf seine Uhr. Es ist bereits zwanzig nach eins.
An Bridet gewandt, jetzt aber weitaus weniger herzlich als zu Beginn, so als habe Bridets Mißstimmung ihm seine Freiheit zurückgegeben, fuhr Saussier fort:
– Ich fürchte, Sie finden in den Restaurants nichts mehr zu essen. Gehen Sie eine Etage tiefer. Einer der Herren, den Sie beim Kommen gesehen haben, wird Sie in ein nahegelegenes sehr gutes und freundliches kleines Restaurant führen. Auf diese Weise können Sie gleich nach dem Essen wieder herkommen, damit wir diese Geschichte zu Ende bringen.
Bridet wollte schon sagen, daß er eine Verabredung habe, doch aus Furcht, wahrnehmen zu müssen, daß er gefangen war, zog er es vor, im Ungewissen zu bleiben.
– Das ist eine sehr gute Idee, sagte er.

KAPITEL 9

Bridet speiste mit einem Inspektor namens Bourgoing, der vor den Kellnern und Gästen etwas plump so tat, als habe er einen alten Kameraden wiedergetroffen, dem er unbedingt eine Freude machen wolle. Nach dem Essen bestellte Bourgoing Schnäpse. Man spürte, daß unter Umständen wie diesen seine Vorgesetzten die Spesenrechnungen nicht allzu gründlich unter die Lupe nahmen.

Um halb vier kehrten sie in die Rue Lucas zurück. Unterwegs überkam Bridet eine Anwandlung von Unabhängigkeit. Ohne seinem Begleiter vorher etwas zu sagen, betrat er einen Tabakladen. Der Inspektor wäre ihm fast gefolgt, doch besann er sich und wartete vor der Tür.

Sie stiegen auf der großen Treppe direkt in den ersten Stock, doch statt, wie Bridet es erwartet hatte, sofort zu Monsieur Saussier geführt zu werden, wurde er in ein kleines Zimmer gebracht, an dessen Tür die Visitenkarte eines gewissen Yves de Keruel de Mermor angebracht war.

Anders als bei Basson standen auf dem Schreibtisch keine Nelken, sondern zwischen zwei Glasscheiben, die von einem Nickelfuß zusammengehalten wurden, steckte die große Fotografie einer sehr hübschen Frau, die in jedem Arm ein Kind von etwa zehn Jahren hielt. Die Haltung erinnerte an ein Gemälde Elisabeth Vigée-Lebruns. Diese Evokation des Privatlebens von Monsieur de Keruel de Mermor war so perfekt, daß ihr nichts Familiäres anhaftete und einem unwillkürlich der Gedanke kam, die Fotografie stamme aus einem Magazin für die elegante Welt.

Das Warten wurde unerträglich. Je weiter der Nachmittag fortschritt, um so mehr verdichtete sich bei Bridet das Gefühl, er werde seine Freiheit nicht wiedererlangen, die Zeit sei zu knapp, um – wie Saussier gesagt hatte – seine Geschichte zu Ende zu bringen. Unter diesen Umständen würde man ihn dabehalten. Da man ihn schon nicht allein hatte zum Mittagessen gehen lassen, warum sollte man ihm nun erlauben, allein zu Abend zu essen oder die Nacht allein zu verbringen. Von Zeit zu Zeit kam Bourgoing und bat um Geduld. Monsieur Saussier würde nicht mehr lange auf sich warten lassen, sagte er, und dabei hörte Bridet doch, als die Tür offen war, die Stimme des Direktors.

Um fünf Uhr betrat Keruel das Zimmer. Ohne ersichtlichen Grund begleitete ihn Bourgoing. Es war ein hochgewachsener Mann mit einem knochigen Gesicht und einem markanten Adamsapfel, der einen eleganten grauen Flanellanzug und ein blaues Halstuch mit weißen Punkten trug. Bisher hatten alle Beamten, mit denen Bridet zu tun gehabt hatte, ihn nach außen hin mit größter Zuvorkommenheit behandelt. Zum ersten Mal traf dies hier nicht zu. Keruel richtete kein einziges Wort an ihn.

– Störe ich? fragte Bridet, der immer noch, wenn auch mit sehr viel weniger Nachdruck, darauf beharrte, als normaler Besucher aufzutreten.

– Nicht im geringsten, antwortete Keruel trocken.

Er setzte sich an seinen Schreibtisch, und dann, ohne Bridet anzuschauen:

– Monsieur Saussier hat mich beauftragt, mit Ihnen zu sprechen ...

Diese Worte ließen Bridet erstarren. Nichts war ihm unerträglicher als fortwährend neuen Leuten konfrontiert zu werden. Es war fürchterlich. Glaubte er einmal, die Sympathie des einen gewonnen zu haben, mußte er kurz darauf schon wieder mit einem anderen von vorn anfangen. Instinktiv drehte sich Bridet um, in der Hoffnung, den In-

spektor zu sehen. Es war irrational, aber dessen Anwesenheit hätte ihm gutgetan.
Keruel hatte einen Schlüsselbund aus der Tasche gezogen. Er öffnete die Schubfächer seines Schreibtischs, griff dann zum Telefon und sprach lange, ohne sich um Bridet zu kümmern. Er nahm seine neuen Funktionen derart ernst, daß er alle Schlüssel, die alten, jene von seinem Besitz in der Bretagne, und die von Vichy zusammengetan hatte. Nach dem Telefonat begann er zu schreiben. So verstrich eine halbe Stunde. Keruel hatte noch kein Wort mit Bridet gewechselt, als die Tür aufging. Es war Monsieur Saussier.
– Bitte kommen Sie in mein Arbeitszimmer, sagte er, anscheinend ohne Bridet wiederzuerkennen. Und Sie auch, fügte er an die Adresse von Keruel hinzu.
Einige Augenblicke später fand sich Bridet in dem großen Büro vom Vormittag wieder. Aber das war nicht mehr das elegante und stille Zimmer, in dem ein Chef seine Entscheidungen trifft und in das ein Fremder nur mit Zurückhaltung eintritt. Alle Türen waren geöffnet. Im Zimmer stand der Rauch. Auf dem Platz des Direktors saß Monsieur Schlessinger. Vor ihm auf dem Schreibtisch lag seine Mappe. In der Nähe eines Fensters sprachen zwei Männer miteinander, ein dritter saß in einem Sessel. Aus einem Nachbarzimmer hörte man das Geräusch einer Schreibmaschine.
Bridet blieb stehen, als störe er, und Saussier sagte zu ihm:
– Treten Sie nur ein.
Bei dem Gedanken, daß alle diese Leute seinetwegen versammelt waren, überkam Bridet für einen Augenblick Panik, doch dann sah er, daß niemand seiner Person Beachtung schenkte. Die Türen blieben offen. Er schöpfte wieder Vertrauen.
– Setzen Sie sich, sagte Saussier.

Bridet gehorchte. Er betrachtete Schlessinger, dann die drei Unbekannten. Augenscheinlich kümmerte sich niemand um ihn. Doch plötzlich traf sein Blick auf den Blick eines der drei Männer. Eine Hitzewelle stieg ihm in den Kopf. Dieser Blick hatte sich sofort abgewandt, wie ertappt.
Einige Minuten verstrichen, in denen Bridet aus dem Gesagten den Grund für diese Versammlung herauszuhören versuchte. Doch das Gespräch drehte sich um das Finanzministerium. Es war, so schien es, sehr geschickt vom Marschall, dem Wunsch der Deutschen, die es wieder in Paris sehen wollten, nachgegeben zu haben. Auf diese Weise faßte man in der Hauptstadt Fuß. In einigen Wochen würde ein weiteres Ministerium folgen. Und eines schönen Tages sähen sich die Deutschen mir nichts, dir nichts einer in Paris fest installierten französischen Regierung gegenüber.
Einer der beiden Männer, die beim Fenster standen, näherte sich Bridet.
– Eine Zigarette, Monsieur Bridet? fragte er und drückte auf den Knopf seines Etuis.
– Gern, sagte Bridet, erneut erschreckt durch die Tatsache, daß der Unbekannte seinen Namen wußte.
– Wir rauben Ihnen Ihre Zeit ...
– Das wäre mir egal, bemerkte Bridet, wenn ich wüßte, warum. Aber nichts ist unangenehmer, als so stundenlang zu warten ... Man hat ein wenig den Eindruck, daß heutzutage ...
Bridet unterbrach sich, aus Angst, seine Gedanken offenzulegen.
– Oh, sagte der Mann lächelnd, Sie sollten sich nicht aufregen. Die Ereignisse rechtfertigen diesen Wandel der Umgangsformen. Nichts darf uns mehr erstaunen. Heutzutage ist alles möglich.

Bridet spürte, daß sein Gegenüber trotz des Lächelns, das er beibehielt, eine sardonische Befriedigung empfand, so mit ihm zu sprechen. Die Zeit der Umgänglichkeit, der Zuvorkommenheit, der Höflichkeit war vorüber. Ein wenig war es, als habe er, Bridet, den tieferen Sinn der Niederlage nicht begriffen, als sei er so naiv, sich einzubilden, die Dinge könnten immer noch so ablaufen wie zu normalen Zeiten.
In diesem Moment trat Monsieur Saussier an ihn heran.
– Nur Geduld, Monsieur Bridet. Übrigens, sagen Sie mir doch bitte einmal, ich hatte vergessen, Sie danach zu fragen: Sie haben mir nicht mitgeteilt, daß Sie nicht mehr im Hôtel des Deux Sources wohnen?
– Ich habe es diesen Morgen verlassen.
– Wie das?
– Ich gedachte heute abend nach Lyon zurückzufahren.
– Und Ihre Koffer?
– Ich habe sie in einem Café nahe dem Bahnhof zurückgelassen.
– Ach so, ich verstehe, verzeihen Sie meine Indiskretion, aber heute nachmittag hat sich einer unserer Inspektoren umsonst in Ihr Hotel bemüht. Ihm wurde mitgeteilt, daß Sie abgereist seien und alles mitgenommen hätten.
Durch Stimmenlärm aus dem Vorraum wurde Monsieur Saussier unterbrochen. Er drehte sich um. Monsieur Schlessinger hatte sich erhoben. Man sah zwei Männer von hinten, die mit unsichtbaren Gesprächspartnern redeten.
– Da sind sie ja, rief Saussier.
Zu Bridet gewandt, verkündete er:
– Gleich sehen Sie Ihren Freund Basson.
Urplötzlich wurde Bridet klar, was vor sich ging. Man wollte sie gegenüberstellen. Alles würde sich aufklären. Aber warum? Was sollte er sagen?

Wenig später betrat Basson den Raum. Hinter ihm folgte Keruel de Mermor in Begleitung zweier Männer. Er machte ihnen ein Zeichen, an der Tür stehenzubleiben. Sie gehorchten mit der gleichgültigen Folgsamkeit von Soldaten, die zu einem Wachdienst abkommandiert sind. Bridet schaute Basson an, er hoffte, seinem Blick zu begegnen, um daraus einen Rat abzulesen. Doch Basson schien ihn nicht zu sehen. Er kam sicher nicht aus der Dunkelheit, und doch hatte sein Blick etwas Unstetes und Flüchtiges, wie der eines Angeklagten beim Betreten des Gerichtssaals. An seiner äußeren Erscheinung, in seiner Art, sich zu geben, hatte sich nichts verändert, körperlich war er unversehrt, doch in seinem Gesicht hatte sich ein Ausdruck von großem Ernst eingegraben, so als habe er den Tod oder ein fürchterliches Unglück vor Augen, nicht in diesem Augenblick, sondern, wie zu ahnen war, seit Stunden.

Er trat näher, erhobenen Hauptes, dem Anschein nach ganz Herr seiner selbst. Das Licht, das von der spießigen kleinen Straße hereinfiel, hatte ihn erfaßt. Bridet fiel jetzt ein erstaunliches Detail an ihm auf: Basson schien sich verjüngt zu haben. Seine Blässe schien die eines jungen Mädchens zu sein. Er hatte keine Falten mehr. Seine Gesichtszüge waren feiner geworden. Die Angst oder die Emotion hatten es überraschenderweise vermocht, diesem Gesicht jene Schwere und Plumpheit zu nehmen, die ihm gewöhnlich anhafteten.

Bridet streckte das Kinn vor, um so die Aufmerksamkeit seines Freundes zu wecken. Dieser sah ihn nicht oder – zumindest war dies Bridets Eindruck – wollte ihn nicht sehen. Es war augenfällig, daß Basson seine Umgebung von oben herab behandelte und diesen Kameraden aus vergangenen Zeiten, der ihm gegenübergestellt werden sollte, nicht ein-

mal wiederzuerkennen geruhte. Er schaute auf Monsieur Saussier. Der sagte:
– Sie haben es nicht mit mir, sondern mit Monsieur Schlessinger zu tun.
– Sehr gut, antwortete Basson und pflanzte sich vor dem Schreibtisch auf.
War es, weil sein Herz schneller oder fester schlug – jedenfalls sah man um die Augen das regelmäßige Auf und Ab einer Arterie. Bridet wußte nicht, was tun. Er hätte sich vielleicht erheben, die Hand des Freundes drücken, so tun sollen, als wäre nichts, aber dazu hatte er nicht die Kraft. Er konnte aber auch den Blick nicht von ihm lassen. Er merkte plötzlich, daß Basson unwillkürlich den Mund halb offen hielt, nicht entspannt, wie es gewöhnlich der Fall ist, sondern um besser atmen zu können.
»Warum schließt er nicht den Mund?« fragte sich Bridet, dem es weh tat, zu sehen, wie sein Freund, der mit aller Kraft glauben machen wollte, daß er sich vollkommen in der Gewalt hatte, sich durch ein so leicht zu korrigierendes Detail verriet.
– Setzen Sie sich, sagte Schlessinger in hartem Ton zu ihm.
– Nicht nötig, gab Basson zur Antwort.
Einen Augenblick später öffneten sich seine Lippen erneut. Zehn Männer befanden sich im Raum. Trotzdem trat urplötzlich Stille ein und offenbarte, daß bei all dem vorangegangenen Lärm niemand sich hatte wirklich gehenlassen.
– Würden Sie bitte nähertreten, Monsieur Bridet, sagte Schlessinger.
Bridet bemerkte, daß er allein sitzen geblieben war. Überstürzt erhob er sich. Nun stand er neben Basson vor dem Schreibtisch.
– Kennen Sie sich nun oder kennen Sie sich nicht? fragte

Schlessinger, wie gereizt durch eine Komödie, die schon viel zu lange dauerte.
Basson und Bridet schauten sich zum ersten Mal offen in die Augen.
Bridet zögerte einen Augenblick. Er hatte schlagartig das Gefühl, daß er es an Natürlichkeit hatte fehlen lassen, daß er, so vertraut, wie er mit Basson war, wovon alle wußten, sofort und unaufgefordert mit ihm hätte sprechen, ihm die Hand hätte geben müssen.
Basson schwieg ebenfalls. Er musterte seinen Kameraden von Kopf bis Fuß, dann, als habe man ihm diese Frage in bezug auf einen ihm Gleichgültigen gestellt, antwortete er kalt:
– Ich kenne Monsieur Bridet in der Tat.
– Ja, ja, wir kennen uns, sagte dieser.
Basson blieb unbewegt. Er leugnete nicht, Bridet zu kennen, aber man spürte, daß er diesen Polizeitrick verachtete, mit dem man mittels eines Freundes ihn zu treffen suchte. Er nahm diesem nicht übel, daß er sich dafür hergab. Doch durch seine Kaltblütigkeit machte er den Polizisten klar, daß sie ihre Zeit vergeudeten, daß seine Freundschaft für diesen früheren Kameraden nicht so wichtig war, daß sie ihm bei dem, was er zu seiner Verteidigung vorzutragen hatte, im Wege gewesen wäre.
Schlessinger öffnete seine Mappe. Er zog aber kein Schriftstück heraus.
– Sie behaupten, sagte er zu den beiden Männern, sich niemals in Lyon getroffen zu haben.
– Das stimmt, rief Bridet, glücklich, die Wahrheit sagen zu können.
Basson gab keine Antwort. Durch die Verachtung, die er zur Schau trug, gab er zu verstehen, daß er, wenn dies alles

war, was man ihn zu fragen hatte, keine Notwendigkeit sah zu antworten.
Diese Haltung mußte Schlessinger mißfallen, denn nun nahm er ihn sich allein vor:
– Wollten Sie Ihren Freund Bridet nicht nach Afrika schikken?
– Er hat mich darum gebeten, er wollte es.
– Wie kommt es, daß Sie ihm einen Geleitbrief besorgt haben? Dabei hatte man Ihnen doch höchst Nachteiliges über ihn mitgeteilt.
– Ich habe erst im nachhinein von diesen Erkundigungen über ihn erfahren. Ich habe ihn sofort von der Liste gestrichen. Als er mich gestern aufsuchte, habe ich ihm gesagt, daß ich noch keine Antwort hätte.
– Ja, aber Sie haben den Nachrichtendienst nicht unterrichtet. Es sieht alles so aus, als hätten Sie gewollt, daß die Abreise wie ohne Ihr Wissen vonstatten geht. Sollte Ihnen Bridet nicht als Bote dienen?
– Niemals.
– Oh, niemals, bekräftigte Bridet.
– Sie behaupten, fuhr Schlessinger fort, daß Sie ihn von der Liste gestrichen haben. Aber es ist doch merkwürdig, daß Sie damit gewartet haben, bis wir im Besitz Ihrer Telegramme aus Lissabon waren.
Basson fuhr sich mit der Zunge über die Lippen. Er schwitzte, aber nur ein wenig. Auf seinem Gesicht: kein Tropfen Schweiß, wohl aber ein Feuchtigkeitsfilm, wie eine Spur von nasser Wäsche auf Marmor.
– Bridet hat mich um einen Geleitbrief gebeten, den ich ihm verweigert habe, und damit basta, sagte Basson. Einmal unterstellt, ich hätte einen Agenten gebraucht, dann hätte ich, das können Sie mir glauben, eine bessere Wahl getroffen.

Was die Telegramme aus Lissabon anbelangt – das ist eine andere Geschichte.
Schlessinger wandte sich an Bridet:
– Was haben Sie dann fortwährend im Innenministerium gemacht? Und diese Fahrt nach Lyon? Für einen Geleitbrief muß man sich nicht derart ins Zeug legen, dieses ewige Kommen und Gehen, zumal wenn man der Freund von Monsieur Basson ist.
– Man bat mich ständig, wiederzukommen. Jetzt verstehe ich auch, warum. Wie ich Ihnen schon sagte, Monsieur Basson hatte nie die Absicht, mir einen Geleitbrief auszuhändigen. Er hat mich hingehalten, aus Freundschaft nicht gewagt, mir mit einem klaren Nein zu kommen.
Bridet hatte dies mit einem bitteren Unterton gesagt. Tatsächlich aber hatte sich seiner, seitdem er entdeckt hatte, daß Basson wie er dachte, gegen Vichy arbeitete, ein großes Bedürfnis bemächtigt, ihm zu helfen, sich für ihn einzusetzen, ihm zu zeigen, daß er der Freundschaft die Treue hielt. Doch er wagte es nicht. Er erriet, daß Basson genau davor Angst hatte, daß seine Kälte, dieses Bemühen, ihn auf Distanz zu halten, aus seiner Furcht herrührte, man würde ihn eher kompromittieren als ihm helfen.
– Ich denke, Monsieur Bridet kann gehen. Wir haben noch nicht den Besuch der Informantin erhalten, von der ich Ihnen berichtet habe, unterbrach Monsieur Saussier. Sie soll heute abend mit dem 7-Uhr-Zug eintreffen. Ihre Aussage wird uns sehr nützlich sein. Wenn ich etwas erfahre, werde ich Monsieur Bridet benachrichtigen. Im Augenblick scheint es mir angebrachter, etwas Licht in die Geschichte mit den Telegrammen zu bringen.
– Vergessen Sie nicht, daß ich morgen abend nach Paris reise und erst Samstag wiederkomme, sagte Schlessinger.

Und an Bridet gewandt, setzte er hinzu:
– Sie können gehen, Monsieur Bridet. Kommen Sie morgen früh wieder.
Bridet war so glücklich, daß er frei war, und es war nach all den Aufregungen so unverhofft, daß er seine Freude nicht verbergen konnte, trotz der Scham, die ihn überkam, weil er sie zeigte und damit ohne weiteren Protest zuzugeben schien, daß er bis zu dieser Minute seiner Freiheit beraubt gewesen war.
– Danke, danke, sagte er mit jenem Bedürfnis nach Liebe oder vielmehr Brüderlichkeit, mit jenem Ausdruck von Dankbarkeit, Aufrichtigkeit, tiefstem Ernst, denen Polizisten keine Bedeutung beimessen, wenn ihr Chef einen als schuldig betrachtet, die sie aber rührt, wenn sie von einem Menschen kommen, dem Gerechtigkeit widerfahren ist.
– Sie haben keinen Grund, sich bei uns zu bedanken, sagte Schlessinger zu Bridet wie zu einem Wirrkopf.
– Such mich auf, sagte Basson, ohne eine gewisse Verachtung für diesen Kameraden zu verbergen, der sich so wenig zu beherrschen verstand, vor allem aber, um allen diesen Polizisten vor Augen zu führen, daß er am glücklichen Ausgang der Untersuchung nicht zweifelte.
Bridet ging zur Tür. Alle Selbstsicherheit, die er im Laufe dieses schrecklichen Tages verloren hatte, kam zurück. Er hielt inne und zündete sich eine Zigarette an. Jetzt, da er frei war, wollte er nicht den Eindruck erwecken, er hätte es eilig zu gehen, er spürte sogar ein unbegreifliches Bedürfnis zu bleiben, dem Folgenden als Zeuge beizuwohnen. Er wollte gerade das Zimmer verlassen, als ihn ein unwiderstehlicher Drang packte, umzukehren und Schlessinger noch etwas zu sagen.
Er war zwei Schritte vom Schreibtisch entfernt, als er den

hochrangigen Polizeibeamten, der diese sonderbare Rückkehr nicht vorausgesehen hatte, ohne von seinen Papieren aufzublicken zu Saussier sagen hörte: »Der spielt bloß zweite Geige, Ihr Bridet...«

Diese wenig schmeichelhafte Meinung konnte Bridet jedoch nicht aufhalten. Er wollte zeigen, daß er niemals daran gezweifelt hatte, daß die Wahrheit siegen würde. Das beste Mittel, damit man sein Vertrauen sehen könnte, wäre, zu demonstrieren, daß er konsequent war in seinen Plänen. Er war nach Vichy gekommen, um einen Geleitbrief zu beantragen. Würde man ihm diesen jetzt geben? Er näherte sich noch immer dem Schreibtisch. Basson beachtete ihn nicht. Ihm stand immer noch der Mund halb offen. Von Zeit zu Zeit strich er lebhaft mit der Hand über sein Gesicht, als störe ihn eine Fliege. Aber es war keine Fliege, es waren jetzt vereinzelte Schweißtropfen, die auf seiner Haut herunterliefen.

– Verzeihen Sie, sagte Bridet mit dem Ton dessen, der das heimliche Wohlwollen, das er geweckt zu haben glaubt, noch verstärken möchte, aber ich wollte Ihnen zwei Dinge sagen. Sie baten mich, morgen früh wiederzukommen. Soll ich gegen zehn Uhr kommen? Zum anderen wollte ich mit Ihnen wegen meiner Papiere sprechen. Aber das kann ich ja morgen tun. Ich sehe, daß Sie keine Zeit haben.

– Ja, zehn Uhr, das geht in Ordnung, sagte Schlessinger, wobei er die Augen hob und Bridet so ansah, als wisse er nicht mehr genau, wen er da vor sich hatte.

Bridet verließ den Raum. Als er schnellen Schritts den Vorraum durchquerte, hörte er:

– Eine Sekunde, Monsieur Bridet.

Er erkannte die Stimme jenes Bourgoing, mit dem er zwangsweise gegessen hatte und der dabei war, mit einem

Kollegen zu plauschen. Bridet drehte sich um, tiefes Erstaunen mimend.
– Haben Sie mir etwas zu sagen? fragte er.
– Wurde Ihnen erlaubt zu gehen? erkundigte sich Bourgoing.
– Ja.
– Aber ich habe keine entsprechenden Instruktionen erhalten.
Der Inspektor wandte sich an seinen Kollegen.
– Weißt du was davon? fragte er.
Bridet, der nie eine wichtige Person gewesen war, fürchtete, wie schon so häufig in seinem Leben, zu einem Opfer untergeordneter Personen zu werden.
– Ich habe mich gerade von Monsieur Schlessinger verabschiedet, sagte er trocken.
– Ja, das mag sein, aber Monsieur Schlessinger hat mir nichts gesagt.
– Ich wiederhole Ihnen, ich habe ihn gerade verlassen.
Die beiden Inspektoren schauten sich an.
– Geh mal hin, sagte der eine.
– Seien Sie doch nicht so übereifrig, das ist nicht der Mühe wert, bemerkte Bridet.
– Oh, es ist besser, ich geh mal hin, sagte Bourgoing.
– Mein Gott, wie Sie die Dinge zu komplizieren belieben, sagte Bridet zu dem Inspektor, der mit ihm zurückgeblieben war.
Wenig später erschien Bourgoing wieder.
– Es war gut, daß ich dort war, sagte er. Wir sollen ihn da hinführen, du weißt schon, wo. Monsieur Saussier hat es angeordnet.
– Und Monsieur Schlessinger? fragte Bridet, den erneut Unruhe überkam.

– Hören Sie mir mit dem auf ... Er hätte mich fast rausgeschmissen.

KAPITEL 10

Sie aßen in dem Restaurant zu Abend, in dem sie bereits mittags gewesen waren. Offenkundig hatte dieses Etablissement das Wohlwollen der Polizei auf sich gezogen. Bridet fragte sich, was man mit ihm vorhatte. Seine Begleiter waren sehr freundlich. Sie bedachten ihn mit viel Aufmerksamkeit. So ließen sie ihn den Tisch auswählen. Man servierte ihnen einen Aperitif, dann einen weiteren, allerdings verstohlen, da er ja eigentlich rationiert war. Obwohl seine Lage eher weniger rosig war als am Mittag, fühlte sich Bridet erleichtert. Der Tag war zu Ende. Vor dem morgigen Tag konnte ihm nichts mehr geschehen. Er ließ sich in ein Gespräch mit seinen Wächtern ein. Sie sahen nicht so aus, als würden sie ihren Gefangenen als eine gefährliche Person einschätzen. »Das macht ihre Aufgabe leichter«, dachte Bridet.

Sie schienen nicht daran zu zweifeln, daß er freigelassen würde, und aus der Zuvorkommenheit ihm gegenüber war zu erraten, daß sie seine Sympathie zu gewinnen suchten. Bridet verfügte womöglich über Protektion von ganz oben. Sie gehorchten ihren Vorgesetzten, vergaßen aber nicht, daß durch eine unerwartete Wendung der Dinge die Lage sich auch grundlegend ändern konnte.

Abends ist die Atmosphäre immer herzlicher. Nach dem Essen setzte sich der Wirt für eine Weile an ihren Tisch. Bridet war nun ziemlich optimistisch. Nichts unterschied sein Grüppchen von denen der Nachbarn. Diese Inspektoren waren alles in allem doch recht nette Leute. Sie verhielten sich zunehmend so, als würde Bridet am nächsten Tag auf freien Fuß gesetzt, als müsse man die Umstände nutzen und freundschaftliche Bande knüpfen, die später möglicherweise hilfreich sein konnten.

Sie kamen darauf zu sprechen, was sie mit Bridet die Nacht über anstellen würden, im Ton derer freilich, die ebenfalls gezwungen sind, auswärts zu schlafen, und so, als wäre allen drei dasselbe Ungeschick widerfahren.

Dennoch führten sie Bridet nach dem Abendessen ins benachbarte Kommissariat, mit der ärgerlichen Miene derer, die so früh schon heimkehren müssen. Sie sagten, sie »fänden es widerlich«.

Es war acht Uhr dreißig. Vor geraumer Zeit schon war die Nacht hereingebrochen. Fünf oder sechs Polizisten in Uniform plauderten in der Wachstube. Als die Neuankömmlinge sich vorstellten, rührten sie sich nicht. Bourgoing fragte, ob der Chef da sei. Die abschlägige Antwort eines der Polizisten schien ihn nicht zu stören. »Wir verbringen hier die Nacht«, sagte er. Die Polizisten betrachteten Bridet, nicht wie einen Delinquenten oder einen gewöhnlichen Verbrecher, sondern wie einen Menschen, der zeitweise in Ungnade gefallen ist und von dem man nicht wissen kann, ob er nicht morgen schon die verlorene Gunst zurückgewinnt.

Einer von ihnen jedoch behielt einen bösartigen Gesichtsausdruck. Man erriet, daß er einen tiefen Haß gegen ausnahmslos alle hegte, die Zutritt zur Macht hatten. In seinen Augen war Bridet einer von ihnen. Es waren die Menschen, die den Krieg verloren hatten, die Menschen, die noch in diesem Augenblick nicht etwa direkt zum Hinrichtungs-

pfosten geführt wurden, sondern weiterhin Angst verbreiteten und schonend behandelt wurden, waren sie doch, selbst in den Händen der Polizei, immer noch mächtig.
Die Polizisten machten den Neuankömmlingen Platz. Jener, der Bridet böse angeschaut hatte, begann zu flüstern. Seine Kollegen wirkten verlegen, unschlüssig, dann wurden sie auf einmal unfreundlicher und versammelten sich in einer Ecke der Wachstube. Bourgoing fragte, ob sie nicht ein Kartenspiel hätten. Sie antworteten übellaunig. »Ich werde versuchen, eins zu finden«, sagte der andere Inspektor. Wenig später kam er mit einem ganz neuen Kartenspiel zurück, das er in einem benachbarten Tabakladen gekauft haben mußte. Diese Freiheit, die seine Wärter genossen, kleinere Ausgaben für seinen Komfort oder seine Zerstreuung machen zu dürfen, erschien Bridet höchst beunruhigend. Sie hatte etwas von jener Aufmerksamkeit, die einem von oben entgegengebracht wird und eine Anschuldigung noch gravierender erscheinen läßt. Man hätte sagen können, daß es auf der Stufe, auf die man Bridet gestellt hatte, weniger darauf ankam, ob er Hühnchen aß oder nicht. Man war nicht auf seine physische Person aus. Das Problem war weitaus ernster.
Bridet kannte kein einziges Kartenspiel. Die Polizisten brachten ihm Belote bei. Es war mühsam. Er war so voller innerlicher Unruhe, daß es ihm beim besten Willen nicht gelang, sich irgendeine Regel zu merken. Mehr als eine Stunde lang hatte er angesichts seiner Lernunfähigkeit das unangenehme Gefühl, vor aller Augen die Sorgen auszubreiten, die innerlich an ihm nagten. Am Schluß sagte er scherzhaft: »Ich höre auf. Spielen Sie zu zweit. Ich mache den Schiedsrichter.«
In diesem Augenblick betrat der Sekretär des Kommissars

den Wachraum. Er näherte sich den drei Männern, würdigte Bridet aber keines Blickes. »Wer gewinnt?« fragte er. Dann zog er sich wieder zurück, offenbar ohne die Anwesenheit des Häftlings wahrgenommen zu haben. Es war allem Anschein nach nicht ungewöhnlich. Man brachte wohl häufig einen Unbekannten vorbei, der die Nacht hier verbrachte. Durch seine Gleichgültigkeit gegenüber der überwachten Person wollte der Sekretär offenkundig zeigen, daß er zu dessen Aussichten nicht Stellung beziehen wollte und sich jener zufälligen Kameraderie enthielt, deren Folgen nicht absehbar waren.

Um zehn kamen zwei Polizisten, die ihre Runde mit dem Fahrrad gemacht hatten, auf die Wache zurück. Sie sprachen nicht mit den Inspektoren. Bridet bekam zufällig mit, als sie fragten, wer von den dreien der Beschuldigte sei. Man mußte es ihnen gesagt haben, denn wenig später bemerkte er, daß sie ihn neugierig musterten.

Eine halbe Stunde später hörten die beiden Inspektoren mit dem Kartenspielen auf.

– Und die Decken? fragte einer der beiden.

– Haben wir keine, sagte einer der Polizeibeamten, mit jener übellaunigen Stimmung von Angestellten, für die die geringste Tätigkeit, die nicht zu ihren sogenannten »Pflichten« gehört, sich zu einer Riesenangelegenheit auswächst.

– Aber wir brauchen welche, sagte der Inspektor. Monsieur wird nicht die ganze Nacht so verbringen können, sagte Bourgoing.

Daß die Inspektoren sich derart für ihn einsetzten, machte einen noch unangenehmeren Eindruck auf Bridet. Es war aufgesetzt. Es mochte noch so ehrlich erscheinen – wenn man wußte, in welcher Lage Bridet sich gegenüber seinen

Wächtern befand, konnte man es kaum ernst nehmen. Und so hörte er sich mit größter Gleichgültigkeit die falschfreundlichen Bemerkungen an, die dann fielen.
Plötzlich tauchte der Sekretär wieder auf.
– Kommen Sie bitte einmal, sagte er zu Bourgoing.
Bridet wurde immer nervöser. Er hatte den Eindruck, daß dies alles eine Komödie der Inspektoren war, mit der sie sich seiner zu entledigen suchten, indem sie ihn in eine Zelle sperrten, um so bis zum nächsten Morgen ruhig nach Hause gehen zu können. Sie hatten selbstredend keine entsprechenden Instruktionen, würden aber so tun, als hätte man sie dazu genötigt.
Wenig später kam Bourgoing zurück.
– Ihr könnt sie behalten ... eure Decken! rief er den Polizisten zu.
Und zu seinem Kollegen und Bridet gewandt, fügte er hinzu:
– Der Chef wünscht uns zu sehen.
– Jetzt? fragte der Inspektor erstaunt.
– Ja, so ist es nun mal.
Bridet schaute in die Gesichter der beiden und versuchte herauszulesen, ob dies eine gute oder eine schlechte Nachricht war.
– Wie ist das ... zu verstehen? fragte er, zweimal ansetzend.
– Wir haben keine Ahnung.
– Das ist merkwürdig, stellte Bridet fest.
Er spürte plötzlich, daß die vorgebliche Freundschaft zwischen ihm und den Inspektoren dahinschwand, daß jetzt, anders noch als soeben, seine Wärter nur mehr Befehle ausführten, daß sie wieder zu dem geworden waren, wofür sie bezahlt wurden.

Als er in die Dunkelheit hinaustrat, packte ihn die Angst. Es war schon quälend genug, bei hellichtem Tag von einem Büro zum anderen geführt zu werden, zu warten, Verhöre über sich ergehen zu lassen – aber nachts, wenn alle Aktivität zwangsweise unterbrochen zu sein scheint, hat dies noch etwas weitaus Bedrohlicheres. Tagsüber war das untergeordnete Personal, waren all diese Leute, die innerhalb der Polizei kamen und gingen, eine Art Sicherheit. Nun aber, da die Büros verlassen waren, alle Welt schlief, war er gleichsam auf Gnade und Ungnade einigen wenigen Personen ausgeliefert.

– Kommt das häufig vor, fragte Bridet mit teilnahmsloser Miene, daß Monsieur Saussier die Leute nachts verhört?

– Es ist das erste Mal, sagte einer der Inspektoren.

Bridet spürte, wie ihm die Beine schwer wurden.

– Was ist passiert, was meinen Sie?

– Ich habe keine Ahnung. Wir gehorchen nur.

– Sie lassen mich nicht allein ...

Diese Worte waren Bridet entschlüpft. In seiner Niedergeschlagenheit, angesichts der Ungewißheit darüber, was ihn in den menschenleeren Räumen der Polizei erwartete, hatte er sich nicht anders zu helfen gewußt, als sich an diese zwei Männer zu klammern, die bei aller Gleichgültigkeit doch ein gewisses Bewußtsein von gut und böse hatten.

Die Fenster in der Rue Lucas waren dunkel.

– Das muß ein Irrtum sein, sagte einer der Inspektoren. Das ist nicht möglich. Alle sind schon weg. Schau doch mal ...

Der andere Inspektor ging in das Haus. Wenig später kam er zurück.

– Doch, doch, man erwartet uns. Sie sind im Büro von Keruel.

Die beiden Polizeibeamten ließen Bridet als ersten eintreten und schlossen dann hinter sich ab. Es gab keinen Lichtschalter. Im Lichtschein eines Feuerzeugs stiegen sie die Treppe hoch. Bridet mußte sich einen Augenblick am Geländer festhalten.

– Los, auf, tun Sie, was man Ihnen sagt, herrschte ihn Bourgoing an, der abrupt ein anderer geworden war.

Er ging als letzter. Bridet hörte ihn zu seinem Kollegen sagen, Saussier sei recht ungehalten gewesen, daß er, Bourgoing, kam, um zu fragen, ob der Befehl, den Gefangenen vorzuführen, wirklich erteilt worden sei.

– Schwein, murmelte Bridet.

– Was sagten Sie? fragte Bourgoing.

– Es ist hoch, antwortete Bridet.

– Passen Sie auf. Ich warne Sie, mir kommen Sie nicht davon.

Im ersten Stock blieb Bridet stehen.

– Noch eine Etage, sagte Bourgoing, und spielen Sie nicht den Gerissenen.

– Denen gehört also das ganze Haus, rief Bridet aufgebracht. Erdgeschoß, erster Stock, zweiter...

– Das ist nicht Ihre Angelegenheit.

Die Wohnung lag im Dunkeln. Nur am Ende des Flurs nahm man einen Lichtschein wahr. Saussier und Keruel saßen in einem kleinen, eher bescheidenen Zimmer, das nur von der Schreibtischlampe erhellt wurde. Sie sahen wie friedfertige Leiter eines Handelshauses aus, die bei Abwesenheit der Angestellten die Konten überprüfen.

– Treten Sie ein, Monsieur Bridet, sagte Saussier mit unerwarteter Freundlichkeit.

Man hätte meinen können, ein neuer, für Bridet günstiger Tatbestand habe sich ergeben und Saussier, der nie daran

gezweifelt hätte, sei nun glücklich, so mit ihm reden zu können, wie er es schon immer gern getan hätte.
– Wir, das heißt Monsieur de Keruel, Monsieur Outhenin und ich, haben gerade ein langes Gespräch mit Ihrer Frau geführt, fuhr Saussier fort.
– Mit meiner Frau? rief Bridet.
– Ja, aber lassen Sie mich ausreden. Was sie uns erzählte, stimmt vollkommen mit dem überein, was Sie uns gesagt haben. Ich habe mir gedacht, daß es Sie glücklich machen würde, sie noch heute abend wiederzusehen, fuhr Saussier mit jenem etwas herablassenden Respekt fort, den Offiziere den ehelichen Pflichten ihrer Untergebenen entgegenbringen. Deshalb habe ich Sie trotz der vorgerückten Stunde herkommen lassen, überzeugt, daß Sie mir bei einem solchen Grund nicht böse sein werden. Ihre Frau ist im Hotel abgestiegen, warten Sie ...
– Hôtel des Étrangers, sagte Keruel.
– Sie erwartet Sie. Meine einzige Bitte ist, Monsieur Bridet, daß Sie morgen früh vorbeikommen, nicht hier, sondern ein Stockwerk höher. Monsieur Schlessinger, den ich nicht verständigen konnte, hat noch einige kleinere Fragen mit Ihnen zu klären. Ich werde übrigens anwesend sein.
– Aber wie kommt es, daß meine Frau hier in Vichy ist?
– Sie können sie gleich selbst fragen. Sie wird es Ihnen besser als ich sagen können, antwortete Saussier mit einem vielsagenden Lächeln.
Es war so offensichtlich, daß Bridet nicht weiter bohrte.
– Also dann bis morgen, Monsieur Bridet. Erinnern Sie doch bitte Ihre Frau daran, daß sie versprochen hat, ebenfalls zu kommen.
Bridet gab allen die Hand.
– Ich bin für Sie und für mich glücklich, sagte Bourgoing,

der ihn an die Wohnungstür begleitete. Das gehört zu den Frondiensten, die wir nicht sonderlich lieben. Wir wollen schon die öffentliche Ordnung verteidigen, aber wir wollen nicht zu Instrumenten politischer Rachefeldzüge verkommen. Sie verstehen mich doch, Monsieur Bridet, oder? Jeder muß seine Arbeit machen.

KAPITEL 11

Bridet fragte einen Passanten nach dem Hôtel des Étrangers. Vom Mond war nichts zu sehen. Es gab so viele Sterne, daß Bridet zuerst den Eindruck hatte, der Himmel sei hinter Nebel versteckt. Erst nach einem Augenblick wurde ihm bewußt, daß die Luft vielmehr klar und dieser Nebel die Sterne selbst waren. Von Zeit zu Zeit drehte er sich um, da er nicht glauben konnte, daß man ihm nicht folgte. In den Bäumen strahlte die Beleuchtung. Dennoch war seine Freude, frei zu sein, nicht vollkommen. Er fragte sich, wie es kam, daß seine Frau hierhergekommen war und daß dieser einfache Tatbestand genügt hatte, ihn freizulassen. Es war komisch. Er dachte an Saussier. Dieser hatte gesagt, er solle am nächsten Tag wiederkommen. Alles sah mithin ein wenig so aus, als ob es jetzt, da man einen Bürgen hatte, nicht mehr notwendig wäre, sich seiner Person zu versichern, als ob Yolande alle Garantien gegeben hätte, als diente sie gewissermaßen als Kaution; es war auch so, als ob die Polizei, indem sie den Griff etwas lockerte, indem sie ihm erlaubte, wieder von der Süße des Lebens zu kosten, damit rechnete, ihm auf diese Weise leichter zu entlocken, worauf sie es abgesehen hatte. Denn es war doch seltsam, daß man abends um halb elf, nachdem man bereits beschlossen hatte, ihn auf der Wache schlafen zu lassen, seine Meinung änderte. Eine solche Generosität ließ sich weder durch verspätete Gewissensbisse erklären noch durch das plötzliche Auftauchen eines seine Unschuld erweisenden Tatbestands. Wegen so einer Kleinigkeit hätte man sich kaum stören lassen. Dafür hätte man auch bis morgen warten können. Das alles war ungewöhnlich. Yolande hatte natürlich zu seinen Gunsten ausgesagt. Aber was hatte sie anführen können, und woher rührte die Macht, die sie unter Beweis gestellt hatte?

Während er ging, überkam Bridet mehr und mehr die Befürchtung, seine Frau könnte eine neue Dummheit begangen, ihn ungeschickt verteidigt haben, sie könnte nicht als Garantin seiner Staatstreue aufgetreten sein und seine Sorgen morgen noch dadurch verschlimmern, daß man sie als seine Komplizin festnahm. Mit ihrer Flüchtigkeit, mit dieser Manie zu glauben, man würde nie nachprüfen, was sie sagte, könnte sie nichtexistierende Beweise für die Treue ihres Gatten zum Marschall angeführt haben. Und morgen früh würde das ganze Lügengebäude zusammenbrechen. Es würde so aussehen, als habe er die Polizei hintergehen wollen, seiner Frau die Falschaussagen in den Mund gelegt.

In diese Gedanken versunken, erreichte Bridet das Hotel. Nein, das war nicht möglich. Er kannte Yolande. Gewiß, sie war immer schon eine Anhängerin von Hitler gewesen. Vor dem Krieg hatte sie oft gesagt: »Was uns fehlt, das ist ein Hitler.« Aber sie war nicht dumm. Sie wußte sehr wohl, daß Pétain nicht Hitler war. Vor allem war er zu alt.

Yolande war bereits zu Bett gegangen. Ihre Kleider hatte sie sorgfältig zusammengelegt. Sie saß aufrecht, mit dem Kopfkissen im Rücken. Die Nachttischlampe brannte.

– Bin ich glücklich, dich zu sehen, rief sie, kaum hatte Bridet das Zimmer betreten.
Sie stieg nicht aus dem Bett, erhob sich aber und umarmte ihren Mann. Dann ließ sie sich wieder nach hinten fallen, so als ob sie sich jetzt, da Bridet gekommen war, gehenlassen könnte. Sie hatte solche Angst gehabt ... Man hatte ihr versprochen, ihren Mann noch am Abend freizulassen, aber da er nicht kam, hatte sie befürchtet, daß man nicht Wort hielte. Sie hatte zwei furchtbare Stunden hinter sich, aber jetzt durfte man nicht mehr daran denken, denn es war ja vorbei, denn er war ja da ... Ach, was war sie glücklich!
– Ich begreife nicht, was geschehen ist, sagte Bridet.
– Da gibt es nichts zu begreifen, sagte Yolande.
– Wie bist du hergekommen? Was ist passiert? fragte Bridet.
– Ich habe es dir doch schon gesagt. Outhenin hat mich angerufen.
– Weshalb?
– Ich werde es dir schon erklären, mein Liebling. Aber jetzt laß mich erstmal glücklich sein. Versetz dich an meine Stelle. Bist du nicht zufrieden? Alles ist geregelt, Liebling.
Bridet setzte sich in den Sessel. Die Freude seiner Frau stimmte ihn keineswegs zuversichtlich. Seine Kontakte mit der Polizei waren zu ernsthaft gewesen, als daß sein Mißtrauen durch bloße Beteuerungen seiner Frau zum Verschwinden gebracht würde. Er mußte wissen. Seiner Einschätzung nach hatte sich die Lage im Augenblick noch nicht geändert. Hinter der Milde der Polizei steckte etwas. Vermutlich täuschte man Yolande. Man bediente sich ihrer. Und dieses brave Mädel wollte ihm nicht sagen, was genau vorgefallen war! Ja, es stand außer Zweifel, er war sich jetzt

vollkommen sicher, man bediente sich ihrer. Das waren die Methoden dieser Herren. Kann man die Leute nicht ohne weiteres entlarven, versucht man es über einen Umweg, über Menschen, die ihnen lieb und teuer sind. Das ist der klassische Trick. Man mußte Yolande mit Aufmerksamkeiten überschüttet haben. Das ist das sicherste Mittel, um eine Frau zu umgarnen. Darunter lag eine Falle. Man warf ihn in die Arme von Yolande. Wenn das nicht zum gewünschten Erfolg führte, na, dann würde man eben bei Morgenanbruch sie beide festnehmen.

– Hör mal, Yolande, sagte Bridet ruhig. Du wirst mir jetzt in allen Einzelheiten genau erzählen, was vorgefallen ist.

– Sofort? Jetzt schon? Willst du dich nicht wenigstens neben mich aufs Bett setzen?

– Ja, sofort.

– Ich sag es dir. Du wirst sehen, es ist alles sehr einfach.

– Nein, nein, sag mir nichts. Antworte auf meine Fragen. Wann hat dich Outhenin angerufen?

– Heute morgen um elf. Ich war nicht da. Dann hat er nochmals um zwölf angerufen. Zum Glück war ich dieses Mal da.

– Was genau hat er dir gesagt?

– Er hat mir gesagt, daß er mich unbedingt deinetwegen sehen wolle, daß ich auf der Stelle kommen solle. Ich habe gleich gedacht, daß du eine Dummheit begangen hast. Ich habe den Zug genommen.

– Und hast du Outhenin gesehen?

– Ja, er hat mich sehr freundlich empfangen. Ein gewisser Monsieur Saussier und ein anderer Mann, der mir nicht vorgestellt wurde, waren ebenfalls anwesend. Ich war aufgewühlt. Wie auch nicht. Sie haben es gemerkt. Sie haben mir Mut gemacht. Sie haben mir erklärt, daß sie von ihrer Seite aus wüßten, daß du nichts angestellt hast, aber daß du dich in eine üble Sache hineinmanövriert hättest. Sie haben mich aufgefordert, ihnen frei und offen zu sagen, was ich über deine Beziehungen zu Basson wüßte. Das habe ich ihnen gesagt.

– Was hast du ihnen gesagt?

– Die Wahrheit ...

– Welche Wahrheit?

– Ich habe ihnen gesagt, daß du lediglich von Basson einen Geleitbrief haben wolltest. Sie haben mich gefragt, ob ich wüßte, was du in Afrika wolltest. Ich habe ihnen gesagt, daß du dem Marschall dienen wolltest. Sie haben so spontan angefangen zu lachen, daß ich begriffen habe, daß sie gerissener waren als du. Keiner hat sich durch deine Komödie hinters Licht führen lassen. Alle hatten erraten, daß du dich de Gaulle anschließen wolltest. »Ihr Mann mag Kommunist, Jude, Gaullist, Freimauer oder alles zusammen sein«, hat mir Outhenin gesagt, »dafür können wir nichts. Aber sagen Sie ihm doch bitte, er möge uns nicht für Idioten halten ...«

– Was hast du ihm geantwortet?

– Was sollte ich ihm antworten? Ich konnte ihm nicht antworten. Ich habe schlicht wiederholt, daß du, was Basson angeht, nicht gewußt hast, daß er Beziehungen zu de Gaulle hatte. Sie haben mich gefragt, ob du mich auf dem laufenden halten würdest über das, was du tust. Ich habe geantwortet: »Ja«, und im selben Augenblick hinzugefügt: »Glauben Sie mir, Basson ist viel zu intelligent, um sich jemandem wie meinem Mann zu offenbaren. Sie sagen selbst, daß alle wußten, wozu mein Mann nach Vichy gekommen war. Und so jemanden sollte Basson zu seinem Komplizen gemacht haben?« Sie wollten wissen, ob mir an deinem Verhalten nichts aufgefallen wäre. Ich habe ihnen geantwortet: »Rein gar nichts. Mein Mann wollte nur eines: den Geleitbrief.«

– Kurzum: du hast ihnen also gesagt, daß ich zu de Gaulle wollte.

– Das habe ich ihnen überhaupt nicht gesagt. Im übrigen wußten sie es schon. Dafür kann ich nichts. Greif dir selber an die Nase. Sie wußten es so sicher, daß Outhenin mir gegenüber folgende Bemerkung fallenließ: »Eigentlich wollten wir Ihren Mann aus Vichy ausweisen lassen, aber er war zu drollig ...«

– Sie wußten überhaupt nichts, sagte Bridet aufgebracht, und jetzt wissen sie es, durch dich.

– Ich habe ihnen nichts gesagt.

– Du hast noch nicht einmal erstaunt getan.

– Ich hätte wie eine Verrückte ausgesehen.

– Jetzt sitze ich schön in der Klemme, rief Bridet noch lauter.

– Ganz im Gegenteil, alles ist geregelt. Der Beweis ist doch, daß sie dich freigelassen haben. Man muß nur offen und ehrlich mit ihnen sprechen. Und vor allem nicht versuchen, sie zu hintergehen. Hätte ich sie hereinlegen wollen, hätten sie weder dich noch mich freigelassen. Die Männer kennen die Männer, mein Liebling. Hinter Worten läßt sich nichts verbergen. So wie du weißt, was Saussier denkt, so weiß Saussier, was du denkst. Wie ich mit ihnen gesprochen habe, das hat ihnen gefallen. Sie haben begriffen, daß du im Grunde nicht gefährlich bist.

Bridet begann, hastig auf und ab zu gehen. Er war außer sich.

– Jetzt bin ich also offiziell Gaullist, schrie er. Jetzt ist es gelaufen. Na ja, das wird nicht mehr lange gut gehn. Du kannst zu Recht von dir behaupten, daß du prächtige Arbeit geleistet hast. Du hättest dich doch wenigstens empören müssen, Yolande ...

– Alle wußten die Wahrheit, ich sag es dir nochmal.

– Nichts wußten die ... Du kannst beruhigt sein: Hätten sie was gewußt, hätten sie nicht so viel Schmus gemacht.

– Nun, ich kann mich ja wohl nicht so täppisch angestellt haben, denn schließlich bist du dank meiner hier.

– Bis morgen früh. Sie werden morgen früh kommen, davon bin ich felsenfest überzeugt. Ach, du kennst sie nicht.

– Du täuschst dich, Liebling. Du hast schon immer die Leute für Dummköpfe gehalten. Nun, die Leute da sind nicht dümmer als du. Sie haben begriffen, was du warst, und sie sind dir deshalb nicht einmal böse. Wären sie Gaullisten, wäre ich besorgter um dich.

Bridet wäre fast aus der Haut gefahren. Doch plötzlich wurde ihm klar, daß alles Diskutieren umsonst war. Was geschehen war, war geschehen. Yolande glaubte, seine Stimmung habe sich gebessert.

– Morgen, sagte sie, suchen wir zusammen Monsieur Saussier auf.

– Aufsuchen ... Ach ... ach ... du nennst das »aufsuchen«. Wir werden uns gar nicht auf den Weg machen müssen. Vielmehr wird er uns aufsuchen.

– Erzähl keine Dummheiten. Wenn dein Zorn erst einmal verraucht ist, wirst auch du begreifen. Dieser Monsieur Saussier ist ein sehr netter Mann, du wirst sehen.

– Oh, ich kenne ihn!

Bridet begann zu lachen. Ihm wurde auf einmal ein unerwarteter Aspekt seiner Lage klar. Die Ankunft seiner Frau ließ ihn schlicht wie einen Idioten aussehen. Es war, als ob alle seine Ansichten, die er äußern konnte, mochten sie

noch so subversiv sein, ungefährlich wären, als ob er ein armer Bursche wäre, zwar tatsächlich Gaullist, aber Gaullist aus Einfältigkeit. Man mußte ihn nur ein wenig schütteln, ihm Angst einjagen, damit er wieder auf den rechten Weg kam.
– Im Grunde hast du mich für einen Deppen durchgehen lassen, sagte er, immer noch lachend.
Yolande wurde ärgerlich.
– Wie kannst du so etwas sagen?
– Ja, für einen Trottel, einen Geistesgestörten, der sich in den Kopf gesetzt hat, Gaullist zu sein, weil er im Londoner Sender »Sambre et Meuse« gehört hat.
– Und wenn dem so wäre, was macht dir das aus?
Bridet schwieg. Es war klar, daß Yolande außerstande war zu begreifen, daß ein Mensch ein höheres Ideal haben konnte als das der erbärmlichen Gesellschaft, in der er lebte.
– Du hast schließlich versucht, für einen Anhänger von Pétain zu gelten. Was kann es dir jetzt ausmachen, wenn man dich für einen Idioten hält? Jetzt kommt es nur darauf an, dich aus der Schlinge zu ziehen, in die du getappt bist.
– Wenn es nur das wäre, sagte er, das wäre ein Klacks.
– Was soll das heißen?
– Ich meine, daß wir, du und ich, uns glücklich schätzen können, wenn man morgen früh nicht uns beide festnimmt. Glaub mir, trau diesen Typen nicht. Das sind Boches, hörst du? Sie sind deutscher als die Deutschen.
– Sag doch bitte das nicht, Liebling. Du weißt gar nicht, was sie denken.
– Ich weiß nicht, was sie denken, aber ich weiß, was sie tun. Aber reden wir nicht mehr darüber, geschehen ist geschehen.

Bridet ging zum Bett, ergriff die Hände seiner Frau. Er schaute ihr lange in die Augen. Sie mochte das nicht. Sie war durchaus offen, aber wenn man sie so anschaute, dann schlug sie aufgrund einer Art physischer Schwäche unausgesetzt die Augen nieder, und wenn sie wieder aufschaute, spürte man, daß sie sich wegen dieser Schwäche schämte.
– Hör mir zu, Yolande.
– Ich hör dir zu, Liebling, sagte sie und nutzte die wenigen Worte, um noch immer wegzusehen.
– Saussier hat mich aufgefordert wiederzukommen. Dich hat er auch aufgefordert. Nun gut, wir gehen einfach nicht hin. Ich bin sicher, wenn ich hingehe, läßt er mich nicht mehr weg. Sie wollten gerissen sein. Sie haben mich gehen lassen. Ich werde das ausnutzen und gerissener sein als sie.
– Das kannst du nicht machen, sagte Yolande.
Bridet fuhr fort, als hätte er seine Frau nicht gehört.
– Morgen früh nehmen wir den Zug. Wir fahren nach Lyon und von da nach Paris. Da sind die Menschen doch etwas anders. Einmal dort, werde ich es schon irgendwie schaffen, nach England zu kommen. Ich war einfältig, in der Tat, aber nicht so, wie du denkst. Ich war einfältig, weil ich mir einbildete, diese nationale Revolution sei reiner Schein.
– Reg dich nicht auf, Liebling, sagte Yolande, die es nicht mochte, wenn ihr Mann so schonungslos von sich selbst sprach.
– In Paris werde ich Franzosen finden, andere Franzosen, intelligente Franzosen. Und die Boches sind da. Zumindest wird es Solidarität unter den Franzosen geben.
Bridet merkte plötzlich, daß er bis zu diesem Augenblick mit lauter Stimme gesprochen hatte. Er bekam es mit der Angst zu tun. Man hörte ihn vielleicht ab.
– Du hast recht, sagte Yolande, wir reisen ab. Aber auf ei-

nen Tag mehr oder weniger kommt es nun auch nicht mehr an. Laß uns einmal geschickt sein. Wir sollten es ausnutzen, daß sie gut gelaunt sind. Du wirst dich auf jeden Fall ruhiger fühlen, wenn du tust, was sie verlangen. Dann werden sie nicht mehr mißtrauisch sein. Und danach wirst du sehr viel größere Chancen haben zu erreichen, was du dir vorgenommen hast.

– Sprich nicht so laut, sagte Bridet.

Yolande schaute ihren Mann erstaunt an.

– Du bist verrückt. Du glaubst doch nicht im Ernst, daß sie dich bis hierher überwachen?

– Ich sage dir, sprich nicht so laut.

Sie schwiegen einen langen Augenblick, dann sagte Yolande:

– Wir gehen gemeinsam zu Saussier.

Bridet antwortete nicht. Er dachte an etwas anderes. Schließlich murmelte er:

– Jetzt habe ich kapiert. Im Grunde fehlte mir der Mut. Ich wollte kein Risiko eingehen. Ich wollte, daß alles seine Ordnung hat, ich wollte Papiere, eine offizielle Mission. Das ist mein Fehler. Jetzt kapier ich es. Wenn du wirklich etwas tun willst, darfst du keine Angst haben, dich in Gefahr zu begeben. Vor allem darfst du niemanden um etwas bitten. Darfst nur mit dir selbst rechnen. Ich habe es kapiert. Vichy hat mir eine Lektion erteilt. Also, abgemacht, Yolande, nicht wahr? Morgen geht es zurück nach Lyon. Von da nach Paris. Wenn ich in Paris bin, finde ich schon Mittel und Wege, an die Küste zu kommen und nach England überzusetzen. Das wird gefährlicher, ist aber auch anständiger.

Yolande stieg aus dem Bett. Sie nahm ihren Mantel und ihre Pantoffeln, um in diesem fremden Zimmer nicht mit nackten Füßen herumzulaufen.

– Ich kann dich nicht hindern, Liebling. Aber ich finde es unvernünftig von dir, daß du immer so ungeduldig bist. Erst wartest du drei Wochen, und dann am letzten Tag, wenn alles sich regelt, handelst du kopflos. Was bringt dir das ein? Sie werden wütend sein. Sie waren entschlossen, dich in Ruhe zu lassen. Sie werden glauben, daß du Angst hast. Sie werden sich sagen: Wenn er Angst hat, dann deshalb, weil er schuldig ist. Sie werden dich suchen lassen. Ich prophezeie dir: sie werden dich suchen lassen. Na ja, mach was du willst, Liebling.
Auf Yolandes Gesicht zeichnete sich Überdruß ab. Offensichtlich war ihr Mann unbelehrbar. Ein Trotzkopf. Er sah nicht, welche Vorteile es ihm bringen würde, wenn er sich scheinbar unterordnete. Wie immer war er starrköpfig und stolz.
– Das wird dich teuer zu stehen kommen, ich habe dich gewarnt, sagte sie.

KAPITEL 12

Bridet kam zwanzig nach eins in Lyon an. Die Reise war ihm endlos vorgekommen. Bei jedem Halt hatte er gefürchtet, daß die telefonisch benachrichtigte Polizei in den Zug stiege, und er war jedesmal höchst erleichtert, wenn er abfuhr.
Am Morgen hatte sich die Abreise völlig normal vollzogen. Trotz seiner Voraussagen war niemand gekommen, ihn zu holen. Yolande hatte nicht noch einmal versucht, ihn zurückzuhalten. Sie hatte ihm sogar Ratschläge gegeben. Am Ende, als er sie bat, mit ihm zu kommen, hatte sie geantwor-

tet, daß sie sich gegenüber Personen, die nett zu ihr gewesen seien, nicht ungehörig betragen wolle. »Sie werden dich festhalten, um mich zur Rückkehr zu zwingen«, hatte Bridet bemerkt. »Du weißt nicht, was du sagst«, war Yolandes Antwort. Und sie hatten beschlossen, daß sie nach dem »unumgänglichen« Besuch den Zug um 17 Uhr nehmen und ihrerseits abends in Lyon eintreffen würde. Ihr Mann sollte sich also keine Sorgen machen, er würde sie ja noch am selben Tag wiedersehen.

Bridet verbrachte den Nachmittag mit Erkundigungen, wie er über die Demarkationslinie kommen könnte, dachte dabei aber unausgesetzt an Yolande. »Was ist zwischen ihnen?« fragte er sich immer wieder. Zuweilen spürte er, wie Zorn in ihm hochstieg. Schließlich aber war er doch immer wieder gerührt bei dem Gedanken, daß seine Frau sich letzten Endes aus Liebe so exponierte.

Von Stunde zu Stunde wuchs seine Angst. Was sollte er tun, wenn Yolande trotz ihres Versprechens nicht mit dem Abendzug ankommen würde? Er könnte daraus nur schließen, daß sie verhaftet worden war. Er wäre gezwungen, nach Vichy zurückzufahren. Und wieder überkam ihn die Wut. Er hatte es vorausgesagt. Er hatte Yolande gewarnt. Warum hatte sie nicht auf ihn gehört?

Bridet hatte vor längerer Zeit in Erfahrung gebracht, daß ein Milchhändler, dessen Geschäft sich in einer Gasse hinter dem Jakobinermarkt befand, jeden Morgen mit dem Lieferwagen in die Nähe der Demarkationslinie fuhr, jeweils mit vier bis sechs Personen, die schwarz in die besetzte Zone kommen wollten. Das war ein Patriot. In bestimmten Kreisen wurde er bewundert. Sein Verhalten bewies, daß es immer noch Franzosen gab, die es an Mut nicht fehlen ließen.

Bridet hätte es vorgezogen, daß ihn jemand diesem Milchhändler vorstellte, doch hatte er es so eilig, Lyon zu verlassen, daß er darauf verzichtete, einen Mittelsmann zu suchen. Gegen 17 Uhr beschloß er, sich allein zum Milchladen zu begeben. Er würde es schon schaffen, Vertrauen einzuflößen, sympathisch zu wirken. Wenn es jemanden gab, der nicht so aussah, als sei er von der Polizei, dann er.
Der eiserne Rolladen war halb geschlossen. Obwohl der Waffenstillstand erst vier Monate alt war, unterlag der Lebensmittelhandel so vielen Reglementierungen und Beschränkungen, die nur allzu deutlich den Deutschen entgegenkamen, daß die Händler aus Obstruktion ihre Geschäfte unter den ausgefallensten Vorwänden schlossen. Noch hatten die Behörden nicht verlangt, daß auch leere Läden geöffnet zu bleiben hätten.
Bridet überkam ein Zaudern. Wie würde man ihn empfangen? Wenn er anfinge, von der Demarkationslinie zu sprechen, würde der Milchhändler vielleicht so tun, als verstünde er nicht. »Wenn schon, es kommt auf einen Versuch an«, murmelte Bridet. Er bückte sich, um unter dem Rolladen hindurchzukommen. In dem dunklen Laden war kein Mensch. Er rief. Eine Frau erschien. Bridet war drauf und dran, sich in längeren Erklärungen zu ergehen, um sie erraten zu lassen, was er wollte, als sie auch schon sagte: »Warten Sie einen Augenblick. Mein Mann kommt herunter.« Tatsächlich erschien kurz darauf ein korpulenter Mann. »Sie wollen morgen früh abreisen?« fragte er sofort. »Ja«, antwortete Bridet, erstaunt, daß sein Gesprächspartner sich so wenig um Vorsichtsmaßnahmen scherte. »Das ist gut. Ich habe gerade noch einen Platz frei.« »Aber wir sind zu zweit!« »Ah, das ist ärgerlich.« »Sie rücken eben enger zusammen«, sagte die Frau des Milchhändlers. Der zögerte

zunächst, war schließlich aber einverstanden. »Finden Sie sich morgen früh um sieben hier ein.«
Die beiden Männer gaben sich die Hand. Bridet war außer sich vor Freude. Alles war arrangiert, er mußte sich um nichts mehr kümmern. Und doch, ganz tief in seinem Inneren war er etwas enttäuscht. Nicht daß er 800 Francs für sich und Yolande hatte zahlen müssen und daß er morgen den Schleppern eine ähnliche Summe zu geben hatte, war der Grund für diese Enttäuschung, vielmehr daß diese heimliche Übereinkunft eher nach einer kommerziellen Transaktion ausgesehen hatte. Es wäre weitaus erhebender, nobler gewesen, wäre dieser Milchhändler wirklich der Patriot gewesen, für den er galt, hätte er lediglich soviel Geld verlangt, wie er tatsächlich brauchte, wäre sein Handeln ein spontaner und uneigennütziger Akt des Widerstands gewesen und hätte man nicht gespürt, daß er die unglückliche Lage seiner Mitbürger zu seinem persönlichen Vorteil ausnutzte.

Um 20 Uhr machte sich Bridet auf den Weg zum Bahnhof Perrache. Er fürchtete so sehr, er könnte, kaum war der letzte Fahrgast ausgestiegen, allein übrigbleiben, Yolande könnte nicht im Zug sitzen, daß er sich ärgerte, einen so präzisen Termin für ihr Treffen ausgemacht zu haben. Wäre es nicht besser gewesen, sie wäre zu ihm gestoßen, sobald sie im Hotel war? Am Nord- und Südausgang waren bereits mehrere hundert Personen versammelt. Jetzt fürchtete Bridet etwas anderes: Sie könnte nicht allein sein, sondern in Begleitung von Inspektoren aus Vichy, da sie wußten, daß Yolande ihren Mann treffen würde.
Bald tauchten die ersten Reisenden auf. Plötzlich stieß er einen Freudenschrei aus. Unter ihnen war Yolande, lä-

chelnd, allein. Es gab keinen Zweifel, sie war tatsächlich allein. Die Reisenden hinter ihr blieben stehen, umarmten Verwandte, verloren sich in andere Richtungen.
– Du siehst, sagte sie triumphierend, man hat mir nichts getan.
– Ja, ja, ich sehe, sagte Bridet und schob dabei ihren Arm aus Zärtlichkeit fast unter seine Achseln.
– Haben sie dir was gesagt? fragte er einige Minuten später.
– Nichts. Ich wußte es doch. Sie wären erfreut gewesen, uns beide zu sehen. Das war alles.
– Hat Saussier irgendeine Bemerkung gemacht? Fand er es nicht seltsam, daß ich nicht gekommen bin?
– Nein. Er hat lediglich gesagt, es sei schade.
– Aha, er hat also gesagt, es sei schade, sagte Bridet beunruhigt.
– Wir haben gleich darauf von etwas anderem gesprochen.
– Aber was wollten sie denn von mir? Worüber habt ihr gesprochen?
– Er hat mich gefragt, wo du seist, wann ich dich wiedersehen würde. Ich habe ihm gesagt, daß wir uns diesen Abend wiedersehen.
– Du hast es ihnen gesagt?
– Natürlich. Nichts Ungeschickteres, als nur die halbe Wahrheit zu sagen. Entweder man lügt, oder man sagt die Wahrheit. Sie lassen uns erst dann in Frieden, wenn wir ihnen gegenüber offen und ehrlich sind. Ich hatte also überhaupt keinen Grund, ihnen zu verheimlichen, daß wir entschlossen sind, nach Paris zurückzukehren und wieder ein normales Leben zu führen.
– Du hast ihnen gesagt, daß wir nach Paris wollen?
– Ja, absolut, in deinem Interesse. Outhenin hat mich darin

bestärkt. Seiner Meinung nach ist es das Beste, was wir tun können. Dennoch wäre es vorteilhafter gewesen, du hättest mich begleitet.
– Warum?
– Damit du selbst das alles hättest erzählen können. Das hätte aufrichtiger ausgesehen. So nett sie auch waren, ich habe doch gespürt, daß sie im Grunde ein wenig gekränkt waren.
– Woran gespürt?
– An nichts. Ich habe es einfach gespürt. Sag, was du willst, es sieht immer schlecht aus, wenn ein Mann an seiner Statt die Frau schickt.
– Ich habe dich keineswegs geschickt. Im Gegenteil, ich war dagegen, daß du hingehst.
– Du weißt sehr wohl, daß das unmöglich war. Sie sind die Herren, sie haben die Macht. Wer weiß, wie lange diese Geschichte dauern wird. Sie kann zehn Jahre dauern.
– Du hast doch hoffentlich nicht über England gesprochen?
– Es gab keinen Grund.
– Ich wette, du hast darüber gesprochen.
– Du bist verrückt.
Bridet dachte einen Augenblick nach. Sicher hatte Yolande nicht über England gesprochen. Er hatte dennoch den Eindruck, daß sie weit mehr unter der Kontrolle dieser Leute stand, als sie zugab, daß zwischen ihr und ihnen ein wunderliches Bild von ihm existierte. Er war ein »Schwächling«. Man würde ihm nichts Böses antun. Besser noch, man würde verhindern, daß er sich selbst etwas antat, indem er sich etwa General de Gaulle anschloß.
Unvermittelt den Ton wechselnd, sagte Bridet:
– Was soll's, das alles ist jetzt vorbei, reden wir nicht mehr

darüber. Ich habe diesen Nachmittag gute Arbeit geleistet. Morgen früh um sieben fahren wir mit dem Lieferwagen des Milchhändlers bis zur Demarkationslinie. Haben wir sie erst einmal überschritten und sind bei den Boches, dann, muß man leider sagen, können wir wieder frei atmen.

Yolande machte ein verdutztes Gesicht.

– Was willst du damit sagen?

– Wir überqueren die Demarkationslinie bei Verdun-sur-le-Doubs.

– Dazu mußt du doch erst deinen *Ausweis* beantragen.

Bridet fing an zu schreien:

– Einen *Ausweis*! Für wen hältst du mich? Du glaubst doch nicht im Ernst, daß ich einen *Ausweis* beantrage. Also, alles was recht ist. Da bleibe ich lieber hier.

– Aber Liebling, die *Kommandantur* gibt ihn dir sofort.

– Ich sch ... auf die *Kommandantur*. Wir brauchen nur so rüberzugehen. Schwarz. Verstehst du, ich will weder mit den Boches noch mit Vichy noch was zu tun haben. Mir reicht's.

– Gut, stimmte Yolande diplomatisch zu.

Doch wenig später sagte sie, daß sie nicht das Risiko laufen wolle, an der Grenze zurückgewiesen, drei Wochen ins Gefängnis gesteckt zu werden und einen Vermerk in ihre Papiere zu bekommen.

– Du willst also zu den Boches gehen, ihnen für einen *Ausweis* etwas vorheulen? fragte Bridet.

Sie antwortete, er übertreibe immer, mit der Einstellung bekomme er zwangsläufig Ärger. Sie hatte bereits ihren *Ausweis*. Die *Kommandantur* hatte überhaupt keine Schwierigkeiten gemacht. Er mußte es nur so machen wie sie. Sie erzählte sogar eine Geschichte von dem Aufzug im Carlton. Sie hatte sich darin mit einem höheren deutschen Offizier befunden, der sofort seine Mütze abnahm und der, obwohl er nur in die zweite und sie in die dritte Etage wollte, mit ihr bis zur dritten gefahren war. Dort hatte er die beiden Fahrstuhltüren aufgehalten, hatte vor ihr salutiert und war dann zu Fuß von der dritten zur zweiten Etage hinuntergegangen. »Du kannst sagen, was du willst. Ein französischer Offizier hätte sich gegenüber einer Frau, die er nicht kennt, nie so benommen.«

– Glücklicherweise! Die Franzosen sind weder lächerlich noch höflich bis zur Unterwürfigigkeit. Was mich angeht, meine liebe Yolande, riskiere ich lieber, an der Demarkationslinie verhaftet zu werden, als den Aufzug im Carlton zu nehmen. Das ist eine Frage des Charakters.

Am Abend in ihrem Zimmer kamen sie nicht mehr auf ihre Meinungsverschiedenheiten zu sprechen. Jeder würde so handeln, wie er es richtig fand. Nach sieben Jahre Ehe respektieren intelligente Partner den Willen des anderen, ohne deshalb aufzuhören, sich zu lieben. Bridet würde, da er daran festhielt, mit dem Lieferwagen fahren, während sie, Yolande, in einigen Tagen den Nachtzug nehmen würde, den Paris-Expreß, wie er hieß, obwohl er in Moulins wegen der Formalitäten mehrere Stunden hielt. Sie bat ihren Mann, sich um die Wohnung zu kümmern und die Wertgegenstände zu holen, die sie bei Freunden deponiert hatte. Nicht zu vergessen auch den Reisekoffer, der bei einer Tante stand. Da war auch ein Winterbild, das ihnen ein Maler aus Franche-Comté gegeben hatte, Zing, das jetzt von erheblichem Wert sein mußte. Sie bat ihn ferner, noch am Tag seiner Ankunft in die Rue Saint-Florentin zu gehen. »Weil es am besten ist, wenn man sich wieder zeigt, denn du weißt, Liebling, die Deutschen beschlagnahmen die Wohnungen derjenigen, die nicht zurückkehren.«

Yolande hatte ihm so oft von ihren Koffern, Wertgegenständen, von ihrer Wäsche erzählt, daß Bridet gar nicht näher auf ihre Ermahnungen geachtet hatte. Als sie aber den Schlüsselbund mit den 18 Schlüsseln aus der Tasche zog, den sie trotz seines Gewichts seit Paris mit sich herumschleppte, regte er sich plötzlich auf:

– Ah, das nicht, rief er.

– Was hast du denn?

– Wenn du glaubst, daß ich in die Wohnung ziehe, dann hast du dich getäuscht. Es wäre übrigens Wahnsinn.

Yolande schaute ihn völlig überrascht an.

– Ich verstehe dich nicht, sagte sie.

– Ich lege keinen Wert darauf, daß man mich ausfindig machen kann.

– Du hast doch überhaupt nichts zu befürchten, Liebling. Niemand will dir Böses.

– Das sagen sie, ich weiß. Ich ergreife lieber Vorsichtsmaßnahmen. Ich gehe nicht wieder in unsere Wohnung. Dabei bleibt's.

– Und wo willst du hingehen?

– Ich gehe zu deinem Bruder.

– Ah, eine gute Wahl. Man könnte meinen, du wolltest deinen Fall noch verschlimmern. Das ist eine Manie bei dir. Du weißt doch, wer Robert ist, ich frage mich sogar, ob er nicht schon im Gefängnis sitzt. Es ist ihm zuzutrauen, daß er eine Bombe gelegt hat ...

– Was willst du, ich gehe da hin, wo meine Sympathien sind, wo man denkt wie ich.

Yolande zündete sich eine Zigarette an. Plötzlich nahm sie den Faden wieder auf:

– Ich sag dir eins, und sei nicht beleidigt. Dein Verhalten ist grotesk, völlig grotesk. Du bist wie all diese Leute, die sich ausmalen, man würde sie festnehmen, nur weil die Boches da sind. Sie haben nichts getan und drücken sich ängstlich an der Wand entlang. Sie wollen sich interessant machen. Niemand kennt sie, niemand kümmert sich um sie, sie verstekken sich und veranstalten alle möglichen Spiegelfechtereien. Zu sehen, wie jemand Intelligentes wie du einer solchen Schwäche nachgibt, das ist wahrlich ein Jammer. Und das Witzigste ist, am Ende nimmt man sie wirklich fest.

KAPITEL 13

Am nächsten Morgen um zehn erreichte Bridet die Demarkationslinie. Er stellte fest, daß nicht so sehr er selbst als der Schlepper zu jener Kategorie von Menschen gehörte, auf die Yolande am Abend zuvor angespielt hatte. Dieser Schlepper umgab sich mit soviel Geheimnis, daß man meinen konnte, er wolle höchsten Gefahren die Stirn bieten. Man wartete auf die Nacht. Er versammelte alle im Hinterzimmer des Cafés. Den ganzen Tag über hatte Bridet das Gerücht gehört, die Deutschen gingen sehr viel härter gegen die vor, die von der nicht-besetzten in die besetzte Zone gingen, als gegen die anderen. Die nicht-besetzte Zone war ein Müllplatz. Das wußten alle. Es war nur natürlich, daß sie niemand hinausließen. Die redlichen Leute hatten also noch immer wegen dieser Juden und Kommunisten zu leiden.
Frauen, Kinder, alte Menschen saßen um die von allem Eßbaren gereinigten Tische. Eine einzige Lampe brannte. Bridet nahm es dem Milchhändler übel, daß er ihn dahin geführt hatte. Er wurde unruhig, nicht wegen einer möglichen Gefahr, sondern wegen der Wendung ins Familiäre, die die

Expedition nahm. Er nahm den Schlepper beiseite. Er fragte ihn, ob es keine Möglichkeit gebe, die Demarkationslinie allein zu überqueren. Der Schlepper gab ihm mit lauter Stimme, so daß jeder ihn hören konnte, zur Antwort, er solle besser nach Lyon zurückkehren, wenn er nicht mehr Mut habe. Familienverbände, in der Haltung von Aristokraten, die in der Pariser Conciergerie auf ihre Hinrichtung warten, warfen Bridet Blicke zu wie Leute, die im Augenblick der Gefahr neue Komplikationen auf sich zukommen sehen.

Ein älterer Mann näherte sich ihm: »Monsieur, wir sitzen hier alle im selben Boot. Ich hoffe, Sie wollen die Aufgabe dieses wackeren Mannes nicht noch schwieriger machen.« Ein Kind, das spürte, daß es das eigentlich nicht durfte, fing an zu weinen. Bridet nahm wieder Platz. Ihn überkam Angst. Alle diese braven Leute waren dabei, sich erwischen zu lassen, ohne auch nur den Versuch gemacht zu haben, zu fliehen. Sie würden im übrigen sehr rasch wieder freigelassen. Die Deutschen würden sofort sehen, mit wem sie es zu tun hatten. Er aber würde unweigerlich festgenommen. Wo sollte er hin? Was sollte er tun? Er kannte die Gegend nicht, und nicht einmal der Mond schien. Da er sich nun einmal in diese Mausefalle begeben hatte, mußte er auch bleiben.

Man wartete auf alle möglichen günstigen Umstände: daß der Kontrollgang der Grenzwachen beendet war, daß ein weiterer Schlepper zum Treffpunkt kam. Schließlich hielt Bridet es nicht mehr aus, er wollte nach draußen, allein sein. Er ging auf die Tür zu. Unter den Anwesenden machte sich eine große Aufregung breit. Bridet würde damit alles zum Scheitern bringen. Das war unerhört, schändlich. Der Schlepper packte ihn am Arm und befahl ihm, nicht hinauszugehen. Er schrie, daß er hier das Sagen habe. Bridet kehrte an seinen Platz zurück. Er hörte, wie Frauen sich darüber ausließen, daß es doch höchst erbärmlich sei, wie ein junger Mann derart Angst haben könne; da brauche man sich nicht zu wundern, was aus dem armen Frankreich geworden sei.

Als Bridet sich dann in der besetzten Zone befand, fühlte er sich, so ungewöhnlich dies auch erschien, zutiefst erleichtert. In der Wirtschaft des kleinen Bahnhofs, wo er den Zug nach Paris abwartete – sie ähnelte dem Café auf der anderen Seite der Demarkationslinie, in dem er mehrere Stunde ausgeharrt hatte –, spürte er, wie die Rührung des Exilierten in ihm aufstieg, der endlich zu seinen Landsleuten zurückgefunden hat. Stolz überkam ihn, als er mit der Frau an der Kasse, mit Bahnhofsbeamten und Reisenden einige Belanglosigkeiten wechselte. Er sprach mit Franzosen, deren Los er teilte. Kindischerweise unterschlug er sogar, daß er aus der freien Zone kam, so sehr schämte er sich, vom allgemeinen Leiden befreit gewesen zu sein.

Am nächsten Morgen erreichte er Paris. Die Straßen waren leer. Er beschloß, zu Fuß zu Robert zu gehen. Wegen fehlender Fortbewegungsmittel drängte sich eine riesige Menschenmenge an bestimmten Metro-Eingängen. In einigen Straßen wimmelte es von Fußgängern, während andere, nicht weit entfernt, menschenleer waren. Dieser Zwang, dasselbe zu tun, dem alle ausgesetzt waren, vermittelte bereits eine erste Vorstellung von dem, was Besetzung hieß. Noch mehr aber überraschte Bridet auf fast jeder Mauerwand der Anblick von zahllosen Inschriften, Zeichnungen, Graffiti aller Art, mit denen die Pariser ihren aufrührerischen Charakter kundtaten. Eine große Traurigkeit sprach aus diesen harmlosen »Tod den Boches«. Man spürte, daß

dies die einzige Freiheit war, die den Parisern nicht hatte entrissen werden können, und daß sie sich ihrer bedienten, um wenigstens irgend etwas zu tun.
Bridet hatte seiner Frau gesagt, daß er nicht in ihr Geschäft gehen würde. Er machte dennoch einen Abstecher in die Rue Saint-Florentin. Er sah den kleinen Laden mit heruntergelassenem eisernem Rolladen, auf den sich wie auf viele andere in kürzester Zeit eine dicke Schicht rostfarbenen Staubs gelegt hatte. Er blieb einige Augenblicke stehen. Die anderen Läden waren ebenfalls geschlossen. Würden auch sie in Kürze wieder öffnen, wie der Yolandes?

Schließlich kam Bridet bei Robert an. Er fragte ihn sofort, ob er nicht jemand in seiner näheren Umgebung kenne, der ein Anwesen an der Kanalküste besitze. Er erläuterte ihm seinen Plan. Er wolle so rasch wie möglich nach England. Danach erzählte er ihm von Vichy, von den Schwierigkeiten, die man ihm bereitet hatte. »Das wundert mich nicht«, bemerkte Robert. Da er auf die erste Frage nicht antwortete, kam Bridet auf seine Sorge zurück. Robert schaute verlegen drein. Schließlich sagte er, daß er sich nicht erinnere, Freunde zu haben, die an der Küste lebten.
Bridet war vom Verhalten seines Schwagers zutiefst überrascht. Er hatte ihn noch als einen jener aufrechten, unabhängigen, etwas neidischen Menschen in Erinnerung, von denen es heißt, sie seien viel zu ehrlich, um Erfolg zu haben. Seiner Ansicht nach hätte sich ein Mensch, der vor dem Krieg hinter allen Handlungen der meisten seiner Mitmenschen ein unerträgliches Verlangen nach Autorität entdeckte, der auf Hitler einen gleichsam persönlichen Haß entwickelt hatte, eher zu einem völlig abgeschiedenen Leben verurteilt, als mit einem Deutschen auch nur in Kontakt

zu treten. Dem war nicht so. Weniger als eine Stunde nach seiner Ankunft hatte Bridet begriffen, daß sein Schwager mitnichten sich mit all seinen Kräften gegen den Besetzer stemmte, sondern im Gegenteil in dessen Anwesenheit ein Mittel erkannt hatte, um sich an seinen Mitbürgern zu rächen und endlich den Platz einzunehmen, der ihm, so glaubte er, schon seit langem zustand.

Bridet verbrachte den folgenden Tag damit, seine Freunde wiederzusehen. Von dem Empfang, der ihm bereitet wurde, war er enttäuscht. Er stellte fest, daß die Bande der Freundschaft sehr stark sein müssen, um einem nationalen Unglück zu widerstehen. Er war der Meinung gewesen, daß ein solches Unglück alle dazu gebracht hatte, ähnlich zu fühlen und zu denken. Aber bei jedem Besuch hatte er überrascht feststellen müssen, daß er sich einer Person gegenüber fand, die das Opfer eines privaten Unglücks zu sein schien, und wenn er versucht hatte, die Pein seines Gegenübers zu mildern, indem er gestand, er leide ebenso wie dieser, hatte der ihm zerstreut zugehört, ohne aus dieser Gemeinschaft des Leidens irgendeinen Trost zu ziehen.

Nachmittags sah er dann doch einen ehemaligen Kollegen vom *Journal*, den die Vorstellung, man könne das Abenteuer wagen, zu freuen schien und der sogar anbot, mit ihm zu kommen. Er würde sich ernsthaft um die Sache kümmern, alle Trümpfe ausspielen usw.... Ah! Wie glücklich er sein würde, wenn er diese Boches nicht mehr sehen müßte!

Trotz der Enttäuschungen, die er den Tag über erfahren hatte, ging Bridet hoffnungsvoll zu Bett. Doch als er am nächsten Tag seinen Freund wiedersah, fand er ihn recht abgekühlt. Ihr Plan war nicht zu verwirklichen. Die Küste war durch Patrouillenboote der Boches bewacht. Man würde sie sicher schnappen. Daß er so schnell aufgab, verblüffte Bridet. Niemand war also wirklich daran interessiert, etwas zu tun! Mit heftigen Kopfschmerzen kehrte er nach Hause zurück. Wahrhaftig, wenn man den Dingen auf den Grund sah, war die besetzte Zone kaum anders als die nicht-besetzte. Auf beiden Seiten hatte man Angst und dachte nur an sich selbst. Yolande hatte tatsächlich recht. Die Menschen waren wie betäubt. Die Niederlage war so brutal gewesen, daß sie ihr Bewußtsein noch nicht wiedererlangt hatten. Man hätte meinen können, sie seien jemandem – wem, war nicht klar – dankbar, noch am Leben zu sein. Der einzige Vorteil war, und das mußte man zugeben, daß sie sich sicherer fühlten als in Vichy. Sie wurden nicht überwacht. Es war nicht zu übersehen, daß die französische Polizei keine wirkliche Machtbefugnis besaß, daß sie lediglich den Deutschen gehorchte, und da deren Hauptsorge war, die Ordnung im großen und ganzen aufrechtzuerhalten, konnte sich ein Franzose, der weder Jude noch Kommunist war, der nicht auffiel, glauben, er sei in Sicherheit.

Am vierten Tag begann Bridet unruhig zu werden, da Yolande immer noch nicht eingetroffen war. Was war geschehen? Sie hatte ihm gesagt, daß sie vor ihm in Paris sein würde. Er erwog, die Wohnung in der Rue Demours aufzusuchen. Vielleicht war sie bereits heimgekehrt und zeigte ihm die kalte Schulter, weil er es vorgezogen hatte, bei Robert zu wohnen. Aber er fand es derart schmerzhaft, in das so vertraute Quartier des Ternes zurückzukehren, daß er lieber noch ein wenig wartete. Natürlich, und das war ihm jetzt auch klar, seine Gefühlsduselei war lachhaft. Er schien nicht zu begreifen, daß die Deutschen, wie Yolande sagte, für zehn Jahre da sein würden und daß angesichts dieser

Lage der Dinge seine Haltung ebenso lächerlich war wie für eine Köchin die ihrer Herrin, die nicht zusehen will, wenn einem Huhn der Hals umgedreht wird.

Am nächsten Tag fand er endlich ein Wort von seiner Frau vor. Sie war bei Robert gewesen, hatte ihn aber nicht angetroffen. Sie kündigte an, sie würde gegen fünf Uhr nochmals vorbeikommen. Als er sie wiedersah, umtriebig, zufrieden, weil sie ihre wichtigsten Gewohnheiten von vor dem Kriege wieder aufgenommen hatte, war er, trotz seines Zorns, weil ihr das Elend von Frankreich so wenig naheging, doch zutiefst erfreut und glücklich. Sie war ganz aufgeregt. Sie war nicht früher gekommen, weil sie zunächst ihre Angelegenheiten hatte regeln wollen. Sie hatte ihre Wohnung reinigen lassen, dann ihr Geschäft geöffnet. Nichts war entwendet worden. Dreimal war sie bei der Bank gewesen. Am Nachmittag hatte sie das »Schneebild« von Zing geholt. Von alldem sprach sie mit ungeheurer Beredsamkeit, so als ob nichts anderes existierte und der Krieg, was sie betraf, zu Ende sei. »Wir sind mit einem blauen Auge davongekommen, Liebling.« Jetzt blieb nur noch der Reisekoffer. Er war in Sicherheit, aber Yolande zögerte, ihn transportieren zu lassen. Sie fürchtete, man könne den Lastwagenfahrer unterwegs kontrollieren. Ihrer Meinung nach war es besser, den Inhalt in mehreren Fuhren zu transportieren.

Als sie das Thema schließlich erschöpfend behandelt und sich beruhigt hatte, fragte sie ihren Mann, ob seine Reise gut verlaufen sei. Abrupt machte sie ihn darauf aufmerksam, daß seiner Rückkehr nach Hause nun nichts mehr im Weg stehe. Danach erzählte sie ihm von ihrer Abreise aus Lyon. Alle waren tadellos gewesen. Freunde hatten sie an den Bahnhof gebracht. Sie hatte sogar einen Liegewagenplatz bekommen. An der Demarkationslinie hatte man ihren

Ausweis kaum angeschaut. Und der Zug hatte lediglich drei Stunden gestanden.
Da Bridet auf die Einladung, nach Hause zurückzukehren, nicht geantwortet hatte, sprach sie ihn nochmals darauf an. Bridet bemerkte, daß dies möglicherweise gefährlich sei. »Du bist ein Kind«, rief sie aus. Er hatte in einer großen Stadt wie Paris doch nichts zu fürchten. Die Polizei hatte anderes zu tun, als sich mit ihm abzugeben. Man hatte es ihr nochmals gesagt.
– Wer? fragte Bridet.
– Freunde.
– Freunde, denen ich vertraue?
– Nach deiner Abreise habe ich, ganz zufällig, Outhenin getroffen. Er hat mir versichert, daß dein Fall endgültig abgeschlossen ist. Ach, übrigens, ich habe ganz vergessen, dir von einer sensationellen Neuigkeit zu berichten: Basson hat sich abgesetzt. Wie? Weiß ich nicht, jedenfalls hat er sich abgesetzt. Outhenin hat es mir erzählt. Er schaute ganz schön verdattert drein.
– Das ist ja wunderbar, rief Bridet aus. Basson ist doch ein toller Kerl. Du hättest ihn sehen sollen, als sie ihn verhörten, diese Kälte, diese Verachtung ... Es hat sie alle ganz mächtig gewurmt, diese Vichy-Anhänger. Sie haben versucht, ihm arrogant zu kommen, aber er hat sie immer wieder zurechtgestutzt. Das ist wirklich ein Kerl, weißt du ...
Yolande lächelte skeptisch.
– Übertreib mal nicht, Liebling. Wenn er sich absetzen konnte, dann, weil man es so wollte.
– Du bist verrückt.
– Wenn sie wirklich Wert darauf gelegt hätten, ihn zu überwachen, wäre es deinem lieben Freund Basson nicht besser ergangen als den anderen. Man hat ihn ziehen lassen.

Trotz der Zuneigung für seine Frau konnte Bridet nicht umhin, sie mit einer Art mitleidiger Verachtung anzuschauen. Er bedauerte es sofort. Um das Thema zu wechseln, kam er nochmals auf die Bitte seiner Frau zu sprechen, nach Hause zu kommen:

– Du weißt genau, Liebling, daß das unvorsichtig wäre. Zumal Basson geflüchtet ist. Man wird glauben, ich wüßte, wo er ist.

– Jetzt aber genug! Ich wiederhole es noch einmal: Du bist völlig aus dem Schneider, dein Fall ist geregelt, deine Akte geschlossen, begraben. Ich finde es absolut lächerlich, wegen einer Gefahr, die es gar nicht gibt, weiter getrennt zu leben. Aber vielleicht hast du ja auch einen Grund, den du mir verheimlichst, schloß sie mit einem feinen Lächeln.

– Oh, aber nicht doch, Liebling. Also da bist du völlig auf dem Holzweg ...

So ging es noch einige Minuten hin und her. Schließlich beugte sich Bridet den Argumenten seiner Frau. Da er ja abreisen würde, denn er war überzeugt, daß er früher oder später einen Weg finden würde, um nach England zu kommen, mußte er sie jetzt nicht verletzen. Sie liebte ihn. Wenn er erst in England war, wann würde er sie dann wiedersehen? Er bereitete sie allerdings darauf vor, daß er gezwungen sein könnte, sie fluchtartig zu verlassen, ohne noch die Zeit zu haben, sich von ihr zu verabschieden. »Hier in Paris ist es nicht wie in Lyon«, ergänzte er nicht sehr überzeugt. Er treffe hier nur intelligente und couragierte Menschen. Er fühle, daß man ihm beistehe. Es wäre sicher nicht für lange. Übrigens hatte sie recht gehabt. Er hätte nie nach Vichy gehen dürfen. Sondern direkt nach Paris, so wie sie es gewünscht hatte. Dann wäre er jetzt bereits in England.

Sie umarmte ihn.

– Du kannst mir vertrauen, sagte sie. Du weißt doch, ich habe dich immer gut beraten.
Sie gingen heim in die Rue Demours. Bridet war von diesem Viertel, in dem er so viele Jahre verbracht hatte, das er so lebendig gekannt hatte, derart bewegt, daß er, um es nicht in seinem jetzigen Zustand zu sehen, beim Aussteigen aus der Metro Yolande den Arm gab und die Augen schloß. Sie sagte zu ihm: »Du bist ein Angsthase! Man muß dem Leben in die Augen schauen.« »Lieber nicht«, sagte er. »Du bist immer noch derselbe, Liebling.«
War er erst einmal im Haus, so meinte Bridet, würde er Erleichterung empfinden, wäre alles zu Ende, könnte er mit etwas Phantasie glauben, daß nichts geschehen war, daß es keine Deutschen in Paris gab. Doch als er die Concierge sah, begriff er, daß er sich erneut Illusionen hingab. Sie begrüßte ihn, ohne daß sich das geringste Anzeichen von Freude über das Wiedersehen auf ihrem Gesicht bemerkbar machte; auch sie gleichsam aller Freundlichkeit beraubt durch ein Unglück, das nur ihr zugestoßen war.
Yolande verbrachte den Abend damit, die Bettwäsche auseinanderzufalten und wieder zusammenzulegen. Bridet schaute ihr zu, ohne daß es ihm gelang, das mindeste Interesse für ihre Tätigkeit aufzubringen. Wenn es ihm so gleichgültig war, bei ihr zu sein, warum war er dann überhaupt zurückgekehrt? Er fragte es auch Yolande. »Fang nicht wieder damit an«, gab sie zur Antwort. »Meinst du nicht, es wäre besser gewesen, man weiß nicht, wo ich bin?« »Hör mal, Liebling. Wenn es für dich gefährlich gewesen wäre, denkst du, ich wäre so dumm gewesen und hätte dich geholt?«

KAPITEL 14

Am nächsten Morgen gegen sieben Uhr ging die Klingel der Eingangstür. Bridet glaubte zunächst, es sei die der Nachbarwohnung. Es kam in der Tat nicht selten vor, daß man beide Klingeln verwechselte, wenn man gerade sprach oder ein Auto auf der Straße vorbeifuhr.
– Was meinst du, hat es bei uns geklingelt? fragte Bridet, der gerade begonnen hatte, sich im Bad zurechtzumachen. Yolande, die noch im Bett lag, antwortete:
– Ich habe nichts gehört.
Im selben Augenblick ging die Klingel von neuem, jetzt aber sehr viel länger.
– Mach auf, sagte Bridet mit plötzlicher Angst.
Yolande erhob sich.
– Es ist sicher Robert wegen des Reisekoffers, sagte sie, während sie in den Bademantel schlüpfte. Er kommt reichlich früh am Morgen.
Kurz darauf öffnete Bridet die Badezimmertür einen Spalt breit. Er sah zwei Männer, die im Vorraum mit Yolande sprachen. Sie zeigten ihr ein Dokument.
– Er ist nicht da, sagte Yolande.
– Die Concierge hat uns gerade gesagt, daß er gestern abend heimgekommen ist, sagte einer der Männer.
Einen Augenblick lang überlegte Bridet zu fliehen, aber er hatte lediglich Pyjama und Pantoffeln an. Später fragte er sich, warum er sich nicht dennoch davongemacht hatte. Aber es ist schon erstaunlich, mit wie wenig man uns bewegungslos machen kann, wenn wir kalt erwischt werden. Bis wir begreifen, daß unser Leben in Gefahr ist, vergeht viel Zeit, und später, wenn wir verloren sind, erinnern wir uns mit bitterem Bedauern an die Gelegenheit, die wir verpaßt

haben. Fliehen war so leicht, und wir haben es nicht getan. Weil wir nur Pantoffeln anhatten, haben wir uns erwischen lassen. Und jetzt, da wir Frankreich barfuß durchqueren würden, ist es zu spät.
Yolandes Stimme war so entschieden, daß er noch hoffte, die Unbekannten würden wieder abziehen. Er machte die Tür ganz sachte wieder zu und wartete. Wortfetzen drangen zu ihm. Einen Augenblick dachte er daran, sich hastig anzukleiden, dann wurde ihm klar, daß ihm dies, wenn er es schon wieder mit der Polizei zu tun haben sollte, nichts nützen würde. Plötzlich hörte er, wie Yolande ihn rief. Sie hatte also zugegeben, daß er da war. Sie konnte wohl nicht anders. Um sich etwas Haltung zu geben, nahm er ein Handtuch und öffnete die Tür.
– Hier, das hat man dir gebracht, sagte Yolande und reichte ihm ein Papier.
Auf einem großen Blatt las er in Kursivschrift, wodurch der Briefkopf aussah, als sei er von einer Hand geschrieben worden, die nicht zitterte:

Minister des Inneren
Büro des Ministers

Weiter unten, in Maschinenschrift und mit der Gestochenheit des Originals: »Wir, Minister des Inneren, verfügen, daß Monsieur Joseph Bridet, Journalist, wohnhaft Rue Demours, in das Gefängnis La Santé, Boulevard Arago, gebracht und dort in Haft gehalten wird.«
Darunter stand die Unterschrift, ohne beglaubigendes Siegel, denn es war die eigenhändige Unterschrift des Ministers.
– Was! schrie Bridet und versuchte, sofort Entrüstung vorzuspielen.

Was gerade geschah, war so unvorstellbar, Yolande hatte sich auf so eklatante Weise getäuscht, es war so sonnenklar, daß sie Unrecht gehabt hatte, daß Bridet ihr trotz seines Zorns keinen Vorwurf machte. Er schaute sie nur lange starr an. Sie war am Rand der Tränen, doch ihr weiblicher Stolz hielt sie zurück. Ihre Nerven aber lagen blank, denn auf ihrer Haut sah man einige Male, wie sich sekundenlang Falten bildeten gleich Runzeln.

Plötzlich brauste sie auf. Sie gab nicht zu, Unrecht gehabt zu haben. Sie jammerte nicht, ihren Mann gewissermaßen ans Messer geliefert zu haben. Sie brach unter den Gewissensbissen nicht zusammen. Ihr offensichtliches Ungeschick kehrte sie nicht gegen sich selbst, sondern gegen die beiden Polizisten. Sie fing an, sie zu beschimpfen. Schämten sie sich nicht, solch erbärmliche Arbeit zu verrichten, sie, als Franzosen! Aber mit ihr waren sie noch lange nicht fertig! Sie hatte Beziehungen. Sie wüßte in Kürze, vor Mittag, ob sie nicht ihre Befugnisse überschritten hätten. Sie würde ihren Vorgesetzten aufsuchen. Dann würden Strafmaßnahmen ergriffen. Mochten sie ihr auch ein Dokument mit der Unterschrift des Ministers vorlegen, sie war trotzdem davon überzeugt, daß dieses Dokument gefälscht war. Wir waren schließlich noch nicht wieder in die Vorrevolutionszeit der geheimen Verhaftungsbefehle zurückgefallen. Dahinter steckte ein Manöver, um die Regierung in Mißkredit zu bringen. Aber das letzte Wort in dieser Geschichte hätte sie. Sie würde ihn aufsuchen, diesen Minister. Sollte das nicht ausreichen, würde sie sich an die Deutschen wenden. Ja, sie würde sich an General Stulpnagel wenden. Sie würde ihm berichten, was sich ereignet hatte. Und sie zweifelte nicht an der Gewissenhaftigkeit, mit der diese Angelegenheit untersucht würde.

Anfangs hatten die Inspektoren nicht weiter gemurrt. Sie hatten in gutmütigem Ton versucht, Yolande zu beruhigen. Sie regte sich grundlos auf. Es handele sich um eine schlichte Formalität. Wann immer sie mit einem ähnlichen Auftrag betraut worden waren, hatte sich am Ende alles wieder eingerenkt. Am klügsten sei es, wenn man ihnen die Aufgabe erleichtere.
Doch als Yolande drohte, den deutschen General einzuschalten, geschah etwas Unglaubliches. So als müßten sie Dinge hören, die wahre Franzosen wie sie bei einer Mitbürgerin nicht tolerieren konnten, liefen die zwei Inspektoren vor Wut rot an. Madame Bridet möge darauf achten, was sie sage. Sie möge ihre Worte »mäßigen«, andernfalls sie verpflichtet wären, einen Bericht abzufassen. Da waren Worte gefallen, die eine Französin nicht aussprechen durfte. Es war eine Beleidigung für all jene, die im Unglück sich bemühten, zu retten, was noch zu retten war.
Bridet hatte sich angekleidet. Er hatte nur einen Gedanken: zu fliehen, und um ihn zu verbergen, hatte er eine folgsame und resignierte Miene aufgesetzt. Als die Diskussion ihren Höhepunkt erreichte, tat er so, als suche er etwas. Er öffnete eine Tür. Doch gerade als er ins Nebenzimmer schlüpfen wollte, wandte sich einer der Inspektoren – jener mit den feinen Zügen und dem bösen Gesichtsausdruck –, der sofort zu vergessen schien, daß er dabei war, der Dame des Hauses eine Lehrstunde in Patriotismus zu erteilen, mit der Frage an ihn: »Wo gehen Sie hin?« Bridet antwortete, er suche sein Geld. »Sie brauchen kein Geld.« Bridet gab nach, so als benötige er tatsächlich kein Geld. »Auf, kommen Sie«, sagte der andere Inspektor, der Sanguiniker und weniger bösartig war.
Als er die Wohnung verließ, schaute Bridet noch einmal

seine Frau an wie zuvor schon. Dahin hatte sie also ihre Bewunderung der eleganten Vichyaner gebracht. Sie hätten vielleicht nie an ihn gedacht. Yolande mit ihrem Gerede hatte sie nach und nach in Bewegung gesetzt. Aber sie schien den Sinn dieses Blicks nicht zu begreifen. Sie warf sich an seinen Hals und rief mit schriller Stimme: »Sag nichts, Liebling, laß sie machen. Diesen Abend noch wirst du frei sein, und sie werden sich bei dir entschuldigen.«

Je weiter sie die Treppe hinunterstiegen, um so dunkler wurde es. Bridet ging vorneweg. Ihn durchfuhr der Gedanke, vier Treppen auf einmal nehmend davonzustürzen. Er hatte die Polizisten taxiert und war zu dem Schluß gekommen, daß er schneller rannte als sie. Aber sie waren vermutlich bewaffnet. Sie würden schießen. Und stand unten vielleicht ein Dritter?

Diese Überlegungen hinderten Bridet am Handeln, und als er dann im Erdgeschoß merkte, daß niemand sonst da war, packte ihn der Zorn auf sich selbst. Der Concierge, der etwas zu ahnen schien, tat so, als kehre er vor der Tür. Bridet, der noch nie mit ihm gesprochen hatte, gab ihm die Hand.

– Sie gehen weg? fragte der Concierge mit trauriger Stimme, aus der ein von Herzen kommendes Interesse sprach.

Bridet gab keine Antwort. Er hatte gerade ein etwas weiter entfernt parkendes Auto entdeckt. Es war ein kleiner Zweisitzer, dessen Windschutzscheibe zerbrochen war. Den Behörden stand nicht mehr das schöne Vorkriegsmaterial zur Verfügung. Das war den Deutschen vorbehalten. Und die bescheidene tägliche Arbeit wurde mit Behelfsmitteln verrichtet.

Es fehlte nicht viel, und Bridet hätte noch beim Einsteigen die Flucht ergriffen. Hätte es der Zufall gefügt, daß die Inspektoren, während sie um den Wagen herumgingen, sich auf der einen und er auf der anderen Seite befunden hätten, hätte er nicht gezögert. Doch dieser Fall war nicht eingetreten, und obwohl er so lange wie möglich getrödelt hatte, mußte er schließlich zwischen den beiden Platz nehmen.

Im »Simca« – wobei der eine Arm eines Inspektors in seinem Nacken lag, nicht um ihn am Fliehen zu hindern, sondern aus Bequemlichkeit – sann Bridet darüber nach, was gerade passierte. Yolande war es gewesen, die so sehr darauf gedrungen hatte, daß er wieder ins eheliche Heim zurückkehrte. Plötzlich stieg ein fürchterlicher Verdacht in ihm auf. Das Zusammentreffen der Ereignisse war verblüffend. Genau einen Tag, nachdem sie ihn geholt hatte, waren zwei Polizisten bei ihr erschienen. Der Gedanke lag nahe, daß sie in dieser Angelegenheit nicht unbeteiligt war. Nein, das war unmöglich. Wenn es hier einen Verantwortlichen gab, dann ihn selber. Wenn einem ein Unglück geschieht, soll man nie den anderen dafür verantwortlich machen, sondern sich selbst. »Ich hätte nur in die Tat umsetzen müssen, was ich beschlossen hatte«, murmelte Bridet. Aber wie hätte er ahnen können, was dann geschah? Die französische Polizei schien es in Paris nicht zu geben. Wie hätte er vermuten sollen, daß sie immer noch da war, wo doch die Deutschen alles überwachten und kontrollierten?

Nach der Ankunft im Gefängnisgebäude ereignete sich etwas Seltsames. Solange Bridet in seiner Wohnung gewesen war, auf der Straße, im Auto, solange er trotz allem eine Fluchtmöglichkeit gehabt hatte, solange war er, eben um seine Karten nicht aufzudecken, sehr ruhig geblieben. Doch kaum hatten sich die Gefängnistore hinter ihm geschlossen, übermannte ihn der Zorn. Als man ihn auf dem Flur ein wenig unsanft und familiär schubste, blieb er abrupt stehen

und verkündete, er werde keinen Schritt mehr tun, man habe kein Recht, ihn festzuhalten, es sei eine Schande, man verhafte keinen Menschen, ohne ihm den Grund zu nennen.
Ein Inspektor ergriff ihn am Arm. Daraufhin verlor Bridet jegliche Kontrolle, riß sich mit Gewalt los und schrie, er verbitte sich, daß man ihn anfasse. Auf den Gesichtern der umstehenden Polizisten zeigte sich Verblüffung. Bridets Verhalten war in diesem Augenblick so überdreht, daß es allen so vorkam, als habe er seinen Realitätssinn verloren. Die Sekunde natürlicher Verblüffung als Zeichen dafür deutend, daß er stärker sei als alle diese Männer zusammen, hatte er sich einer Tür genähert und, ohne sich der Lächerlichkeit seines Tuns bewußt zu sein, zum Wachposten, der davor stand, gesagt: »Öffnen Sie sofort die Tür!«
Zeit für weitere Worte blieb ihm nicht mehr. Zwei Polizisten übermannten ihn. Sie sagten: »Einschüchtern lassen wir uns schon gar nicht.« Bridet unternahm den Versuch, sich zur Wehr zu setzen, erhielt aber eine Ohrfeige. Fast hätte er zurückgeschlagen, aber da begriff er auf einmal, daß dies Wahnsinn war. Obwohl er das Verlangen verspürte, über seine Wange zu streichen, führte er die Hand nicht an sein Gesicht.
– Ihr seid Lumpen, schrie er.
Der Inspektor mit den feingeschnittenen Zügen näherte sich ihm mit erhobener Hand:
– Nehmen Sie zurück, was Sie eben gesagt haben.
– Ihr seid Lumpen, wiederholte Bridet.
Der Inspektor begann zu lachen, so als habe er ihn nur bedroht, um ihm Angst einzujagen.

KAPITEL 15

Anders als gewöhnlich blieb Bridet nur kurz im Untersuchungsgefängnis. Er sollte zunächst zur Person vernommen werden, doch wegen verwaltungstechnischer Meinungsverschiedenheiten unterließ man die gewohnten Formalitäten. Die Beamten waren durch die neue Rechtsprechung sichtlich verwirrt. Bridet schaute ihren Debatten hochmütig zu. Immer wieder fragte er mit gespieltem Ernst: »Was soll ich tun? Soll ich warten?« Sie gaben ihm keine Antwort, vergaßen zuweilen auch, daß sie einen Gefangenen vor sich hatten, so stark waren sie von der Sorge in Anspruch genommen, sich bedeckt zu halten.

Schließlich führte man ihn durch ein sehr sauberes und elektrisch beleuchtetes Souterrain in einen großen Saal mit Spitzbogengewölbe. Um den Saal, angesetzt an die Holztäfelung, lief eine Bank. Etwa fünzig Personen, die darauf warteten, daß man über ihr Schicksal entschied, unterhielten sich in Gruppen.

Eine Stunde später holten die beiden Inspektoren Bridet wieder ab. Alle drei nahmen erneut im kleinen »Simca« Platz, und wenig später erreichten sie das Gefängnis La Santé. Während der Fahrt über die Rue Saint-Jacques hatte Bridet an der Ecke des Boulevard du Port-Royal das Haus gesehen, in dem er ein Atelier gemietet hatte, nachdem er seine Studien unterbrochen und mit Eklat die Rechtsabteilung der *Nationale* verlassen hatte, um zu malen.

Das zweiflüglige Gefängnisportal, in dessen einer Hälfte eine Tür eingelassen war, sah gar nicht so eindrucksvoll aus. Eher wie der Eingang eines stattlichen Hauses in einer der Avenuen des Étoile-Viertels. Oberhalb hing eine Trikolore, leb- und seelenlos trotz ihrer strahlenden Farben.

Bridet überquerte eine Art Hof mit Glasdach und eingefaßt von Gittern wie ein Käfig. Ein Wächter öffnete eines der Gitter. In einem langen Gang lagen mehrere seltsame verglaste Büros in einer Reihe; jedes hatte seine eigene Bedachung, obwohl das Glasdach darüber ihnen allen Schutz bot.
Bridet wurde in einen Saal gestoßen, der außer einer Menge Garderobeständer nichts enthielt. Wenig später öffnete sich eine Tür. Der Justizbeamte, der im Türrahmen erschien, war nicht von der sanften Sorte. Als Angehöriger des Strafvollzugs hatte er sich nicht immer mit dem Abfassen von Schriftstücken begnügt.
– Sind Sie bereit zu kommen?
– Gewiß doch, sagte Bridet.
Man führte ihn in einen großen kahlen und sauberen Raum, in dem ein köstlicher Geruch von verbranntem Holz hing. Er gemahnte an ein Studierzimmer, wo gerade aufgeräumt und der Ofen angezündet worden war. Man forderte ihn auf, die Hosentaschen auszuleeren. Die beiden Inspektoren waren noch nicht wieder gegangen. Einer von ihnen trat an Bridet heran, um nachzuprüfen, daß er auch nichts behalten hatte. Er klopfte ihn ab, nicht nur da, wo die Taschen waren, sondern auch die Beine entlang. Dann trat er hinter ihn und begann von neuem mit seinen Hantierungen. Plötzlich schwang er eine Handvoll Zettel und rief laut:
– Und das?
– Was ist das? fragte Bridet.
– Das möchte ich gerade von Ihnen wissen.
– Ich habe keine Ahnung.
Der Inspektor trug die Zettel zu seinem Kollegen, der sie unter den Strafvollzugsbeamten verteilte.
– Das sind Flugblätter, sagte einer von ihnen.

– Was? Flugblätter? rief Bridet.
– Nein, Bilder der Heiligen Jungfrau, höhnte der Inspektor mit der schön geschwungenen Nase.
Er drehte sich zu Bridet um, und, ihn zum ersten Mal duzend, sagte er:
– Du hast uns ja gar nicht gesagt, daß du Kommunist bist …
Bridet schwieg. Hätte nicht seine Freiheit auf dem Spiel gestanden, hätte er aus Trotz ja gesagt.
– Die Flugblätter sind ja wohl nicht vom Himmel gefallen!
Bridet schwieg weiterhin.
– Sagen Sie doch, daß wir sie Ihnen untergejubelt haben, während Sie hier waren.
– Ich verdächtige niemanden.
Die Flugblätter wurden herumgereicht, man nahm sie wie mit spitzen Fingern, als seien es fettige Papiere, und keiner wagte sie genau anzuschauen, aus Angst, die anderen könnten meinen, man interessiere sich für den Inhalt.
– Das ist das Manifest von Thorez, erklärte ein Beamter.
– Aha, von dem, dröhnte ein anderer.
– Hört mal, hört euch das mal an, schrie ein Schreiberling, der hinter seinem Schreibtisch geblieben war und der für seinen trockenen Humor bekannt zu sein schien: »Frankreich will frei und unabhängig leben. Nie wird ein Volk wie das unsere ein Sklavenvolk sein. Auf dem Volk ruhen die großen Hoffnungen von nationaler und sozialer Befreiung. Im Verein mit der tatkräftigen und großmütigen Arbeiterklasse wird sich die Freiheitsfront bilden.«
– Sie wollen uns diese Sauerei doch wohl nicht bis zum Ende vorlesen, unterbrach ihn zornig der Inspektor mit den feingeschnittenen Zügen.

Der Schreiberling, der vermutlich witzig hatte erscheinen wollen, wenn er nicht sogar mit einiger Genugtuung die eine oder andere Wahrheit bekanntgeben wollte, schwieg auf der Stelle. Er schaute seine Kollegen an, wie in der Welt draußen ein Mann seine Gattin. Diese verdrehten die Augen. Offensichtlich herrschte beim Strafvollzug ein anderer Geist als bei der Polizei.

– Man will mich drankriegen, brüllte Bridet. Aber so wird das nicht laufen.

– Seien Sie still.

– Schauen Sie mich an, fuhr Bridet mit unverändert lauter Stimme fort. Sie wissen ganz genau, daß Sie sie mir in die Tasche gesteckt haben. Sie wissen es ganz genau, und wenn Sie das Gegenteil behaupten, sind Sie ein erbärmlicher Lump.

Nun fing seinerseits der Inspektor zu schreien an. Da gebe es ein Faktum. Er wolle nicht in die Einzelheiten gehen. Bridet wandte sich an die Anwesenden.

– Sie waren doch schließlich dabei, Sie haben alles gesehen. Sie wissen, daß ich keine Flugblätter hatte. Und Sie lassen alles geschehen und sagen nichts. Es ist eine Schande.

Es entstand eine verlegene Pause. Dann hob ein Gemurmel an:

– Also, jetzt reicht's, Sie gehen uns auf die Nerven, wissen Sie, spielen Sie hier nicht den Neunmalklugen, wenn Sie in dem Ton weitermachen, wird das eine böse Zeche für Sie geben, wir möchten ja gern nett sein, aber halten Sie uns nicht für Idioten, Sie können sich mit dem Richter auseinandersetzen, wir machen nur unsere Arbeit, und damit basta.

Unterdessen war der Oberaufseher ins Zimmer getreten, in jener düsteren Uniform des Gefängnispersonals, deren

Tressen nicht aus Goldstreifen bestehen, sondern in einem trüben Blau gehalten sind. Sein Haar war verfilzt, den Bart trug er in Form einer Rolle. Aus Scherz schlug er die Hakken zusammen und streckte den Arm zum Hitlergruß. Mochte das auch Spaß sein, man spürte doch sein leises Bedauern, daß dies nicht der französische Gruß war. Dieses Zusammenschlagen der Hacken und dieser gestreckte Arm: das gab doch mehr her als eine offene Hand am Käppi.

– Sie sind nicht in Berlin! rief ihm der Inspektor entgegen, dem diese Ablenkung gerade recht kam.

– Was machen wir jetzt? fragte kurz darauf einer der Justizbeamten.

– Das Protokoll, es muß ein Protokoll aufgenommen werden. Sie sehen doch, daß wir nur darauf warten, um wieder gehen zu können, sagte der Inspektor.

– Ist das wirklich nötig?

– Und ob das nötig ist.

Die Beamten sahen sich an. Es war ihnen sichtlich zuwider, in diese Geschichte hineingezogen zu werden. Aber da der Inspektor nicht aufhörte zu drängen, begannen sie zu fürchten, man könnte ihnen womöglich heimliches Sympathisieren mit den Kommunisten unterstellen.

Das Protokoll wurde aufgenommen.

In der Zelle der Abteilung B saßen bereits drei Häftlinge. Ein Lastwagenfahrer, der auf ein Trottoir gefahren und ein achtjähriges Mädchen sowie eine alte Frau an einer Mauer plattgedrückt hatte. Ein Pole, der einen Landsmann getötet hatte. Er gab vor, in Notwehr gehandelt zu haben. Schließlich eine etwas zwielichtige Figur, die von deutschen Soldaten auf ein Kommissariat der Rue Rochechouart gebracht worden war. Sie hatten sie dabei beobachtet, wie sie in einem Bordell mit einem Messer Geld von Prostituierten erpreßt hatte. Die französische Polizei hatte den Soldaten ausführlich gedankt. Da die Kollaboration einmal nicht kritisiert werden konnte, gab sie sich ihr freudigen Herzens hin. Der Leiter der Sittenpolizei hatte sogar Kontakt zu den deutschen Behörden aufgenommen, um herauszufinden, wie diese anständigen Soldaten wohl am angemessensten zu belohnen wären.

Bridet wurde von den drei Mithäftlingen sehr herzlich aufgenommen. Die Zeit, die sie bereits im Gefängnis verbracht hatten, ließ ihnen die Haft weniger schrecklich erscheinen. Ihrer Meinung nach nahm Bridet das, was mit ihm geschah, zu tragisch. Der erste Tag war der schlimmste. Sie konnten ihm versichern, daß er sich morgen bereits besser fühlen würde.

Bridet ließ sich auf den Schemel fallen. Als man ihn in die Zelle gestoßen hatte, hatte er angefangen zu schreien, versucht, zurückzuweichen, so erregt war er gewesen. Und jetzt, einige Minuten später, war er hier, urplötzlich von der Welt abgeschnitten, ohne zu wissen, warum noch für wie lange. Er sann über diese Geschichte mit den Flugblättern nach. Zweifellos hatte man seinen Fall verschlimmern wollen. Aber wer? Da eine Anordnung des Ministeriums genügte, um Leute in Haft zu setzen, weshalb dann diese Komödie? Er hatte vielleicht die Inspektoren zu sehr von oben herab behandelt. Und sie hatten sich gerächt. Auch Yolande war ungeschickt gewesen. Warum mußte sie auch zu Leuten, die, patriotisch gesehen, wohl nicht gerade ein sehr ruhiges Gewissen hatten, von den Qualitäten des Generals Stulpnagel sprechen? Yolande war wirklich zu dumm. Doch beim Gedanken, daß sie vielleicht in diesem Augenblick weinte, überkam ihn Rührung.

Als er von den Inspektoren abgeführt worden war, hatte sie gesagt: »Diesen Abend noch wirst du frei sein.« Den ganzen Tag hing Bridet dem Glauben an, sie käme, um ihn zu holen, oder er würde zumindest Neuigkeiten von ihr erfahren. Doch der Rhythmus seines Daseins hatte sich urplötzlich verändert. Ein Tag, zwei Tage, drei Tage: das sind nur Minuten im Gefängnisleben. Eine Woche verging, bevor er Yolande überhaupt wiedersah. Er war so niedergeschlagen, daß er sie, ohne ihr Zeit zu lassen, irgend etwas zu sagen, wortlos in die Arme nahm und sie eine Weile an sich drückte, als sei die Freiheit gegenüber dem Glück, sie wiederzusehen, zweitrangig. Sobald es ging, wand sie sich sachte aus seinen Armen.

– Du bist frei! sagte sie und riß dabei die Augen auf, um so ihrem Gesicht mehr Aufrichtigkeit zu verleihen.

– Wie?!

– Ja, du bist frei.

Bridet packte sie an den Schultern und küßte sie in seiner Freude nicht lange und einmal, sondern überstürzt im ganzen Gesicht.

– Hör zu, Liebling, laß dir erst mal erzählen, was passiert ist.

Sie hatte Outhenin im Polizeipräsidium aufgesucht. Sie hatte ihm von dem Vorfall berichtet. Er hatte höchst erstaunt ausgesehen. Er hatte gesagt, sie solle wiederkommen, er wolle bei den betreffenden Stellen nachforschen. Der Minister war sicher nicht genau unterrichtet worden. Er mußte seine Entscheidung auf der Grundlage eines früher angefertigten Berichts getroffen haben. Durch ein bedauerliches, in einer Phase des Neuaufbaus jedoch entschuldbares Versäumnis waren ihm offenbar die Ergebnisse der Untersuchung nicht mitgeteilt worden.

Zwei Tage später hatte sie Outhenin erneut gesehen. Er hatte ihr das Telegramm vorgelesen, das er nach Vichy geschickt hatte. Auf die Antwort wartete er noch. Yolande hatte ihn am nächsten Tag wieder aufgesucht. Sofort hatte Outhenin ihr die gute Nachricht verkündet: Die ministerielle Entscheidung war aufgehoben worden. Dies mußte jetzt nur den zuständigen Behörden zur Kenntnis gegeben werden. Das würde höchstens zwei bis drei Tage dauern. Sie hatte nicht gewartet, bis alles geregelt war, sondern ihn sofort aufgesucht. Sie wußte nur zu gut, was es bedeutete, wenn man im Ungewissen gelassen wurde.

– Aber ist denn der Staatsanwalt unterrichtet? fragte Bridet.

– Welcher Staatsanwalt?

– Ich bin doch wegen Umtrieben gegen die innere Sicherheit des Staates angeklagt. Die Polizei hat mit meiner Sache überhaupt nichts mehr zu tun. Jetzt ist die Justiz für mich zuständig. Hat dir Outhenin denn das nicht gesagt?

– Warum denn die Justiz?

– Wegen kommunistischer Flugblätter.

– Welche Flugblätter?

– Die man mir in die Tasche gesteckt hat.

Yolande betrachtete lange ihren Mann.

– Du hattest Flugblätter?

– Aber nein, schrie Bridet. Diese Lumpen von Polizisten haben sie mir in die Tasche gesteckt.

Yolande lächelte skeptisch.

– Das erscheint mir doch äußerst ungewöhnlich, sagte sie.

– Und doch ist es so. Glaubst du mir nicht?

– Doch, doch, nur sind mir diese Art von Geschichten immer ungewöhnlich vorgekommen. Warum soll man dir denn Flugblätter unterschieben? Wenn man weiß, einer ist ein Bandit und man hat keine Beweise, dann versteh ich das. Aber das trifft doch nicht auf dich zu. Die Polizisten hatten eine ganz reguläre Anweisung.

– Du machst wohl Scherze. Das und »regulär«.

– Yolande schwieg einen Augenblick.

– Schwörst du mir, daß das stimmt?

Auf ihrem Gesicht zeichnete sich eine gewisse Verstörung ab. Diese Geschichte erschien ihr unglaublich, aber an den Worten ihres Mannes konnte sie nicht zweifeln.

– Wenn das, was du mir da erzählst, wahr ist, gibt es einen Skandal, fügte sie hinzu.

Sie zeigte einen schmerzvollen Ausdruck. Im Grunde hatte sie sehr viel Herz, und die Enthüllung derart abscheulicher Handlungen brachte sie aus der Fassung. Sie begann nachzudenken. Sie konnte sich diese Behandlung ihres Mannes nicht erklären. Zum ersten Mal kam ihr ein leiser Zweifel hinsichtlich der Loyalität Outhenins und all seiner Freunde aus Vichy. Aber wenn wir einmal an Menschen glauben, entziehen wir ihnen nie abrupt unser Vertrauen. Sie stand einem juristischen Trick gegenüber. Sie hatten gemerkt, daß sie einen Schnitzer begangen hatten. Sie hatten sich diese Geschichte ausgedacht, um die Angelegenheit unbemerkt von einem Sektor in den anderen zu befördern. Während man ihrem Mann die Flugblätter unterschob, unterrichtete man das Justizministerium. Bridet würde freigesprochen, und das Innenministerium müßte nicht widerrufen.

– Ich werde Outhenin von all dem erzählen, sagte Yolande. Er muß mir doch die Hintergründe der Geschichte erklären können.

– Womöglich hat dein Outhenin das alles eingefädelt, sagte Bridet.

Yolande antwortete nicht. Lange umarmte sie ihren Mann. Beim Weggehen sagte sie noch, um ihm Mut zu machen, daß solche Machenschaften sich stets gegen die Urheber kehren würden.

KAPITEL 16

Einige Tage später wurde Bridet in den Justizpalast gebracht. Der Untersuchungsrichter machte ihm sofort einen günstigen Eindruck. Er war sehr viel feiner, sehr viel schlichter, sehr viel verständnisvoller als die Vichy-Beamten und erst recht als das ganze Pack, mit dem Bridet es bis jetzt zu tun gehabt hatte. Der Richter mochte etwa fünfzig sein. Er sah ein wenig vernachlässigt aus. Er hatte das gramzerfurchte Gesicht eines Mannes, der sich im Verlauf seines Lebens viele moralische und Fragen des Gefühls gestellt hat. Seinem Blick las man ab, daß er die Menschen sah, vor denen er saß, daß er sie wirklich sah und daß er sie nicht nach dem beurteilte, weswegen sie ihm vorgeführt wurden, sondern nach ihrem inneren Wert.

Er nahm die Vernehmung zur Person Bridets vor. Er wies ihn darauf hin, daß er wegen Umtrieben gegen die innere Sicherheit des Staates angeklagt sei. Er forderte ihn auf, sich einen Anwalt zu suchen, ohne daß er dabei den Eindruck vermittelte, er halte den Angeklagten deshalb für schuldig. Dann bat er ihn, sich zurückzuziehen. Bridet, der erwartet hatte, der Richter werde ihm Fragen stellen, so daß er ihm sein Herz ausschütten könnte, rührte sich nicht. »Sie können gehen«, wiederholte der Richter.

– Es ist doch unerhört, brauste Bridet auf, daß man sich

solcher Mittel bedienen kann, daß man auf derart niederträchtigen Polizeimachenschaften eine Anklage gründen kann. Glauben Sie mir, Monsieur, diese Flugblätter wurden mir von einem Polizisten in die Taschen gesteckt. Ich hatte von ähnlichem schon gehört, aber es nie glauben wollen. Man muß erst selbst Opfer werden. Ich sage Ihnen, man hat sie mir in die Taschen gesteckt. Eine Schande für die Justiz. Vor dem Krieg machte man das mit dem Kokain, da wurde den Zuhältern ein wenig untergeschoben. Heutzutage kann jeder so behandelt werden ...

– Ich bitte Sie, ich bitte Sie, beschwichtigte der Richter.

Er hob mit müder Geste die Arme, und Bridet hatte das Gefühl, er finde, der Angeklagte rege sich unnötig auf, denn bislang belege noch nichts, daß man ihm etwas vorwerfe. Er war angeklagt, sicher, aber unter den gegenwärtigen Umständen blieb das ohne Folgen, allenfalls erwuchsen daraus kleine, vorübergehende persönliche Unannehmlichkeiten, und sich mit solcher Vehemenz zu verteidigen zeugte von einer gewissen Unbesonnenheit, denn heutzutage befanden sich doch alle, ob Richter oder Angeklagte, Unternehmer oder Arbeiter, im selben Boot.

In seine Zelle zurückgekehrt, hatte Bridet das ermutigende Gefühl, daß die Boches noch nicht alles vergiftet hatten, daß es in bestimmten Kreisen trotz allem noch kleine französische Inseln gab.

Am Sonntag kam ihn Yolande erneut besuchen. Sie war verändert. Outhenin hatte sie zu einem gewissen Jean-Claude Fallières geschickt. Ihr Fixiertsein auf die besseren Kreise war so ausgeprägt, daß sie sich selbst in diesem Gefängnissprechzimmer nicht verkneifen konnte zu sagen, sie glaube, das sei der Enkel des ehemaligen Präsidenten der Republik, was übrigens nicht stimmte. Die Geschichte mit den Flug-

blättern schien ihn nicht überrascht zu haben. Seiner Meinung nach war alles möglich. Sie hatte sich danach zum Polizeipräsidium begeben und Schlessinger zu sehen versucht. Man hatte ihr die Auskunft gegeben, daß er auf Reisen sei. »Aber Monsieur Outhenin hat mir gesagt, daß er bereits wieder zurück ist.« Sie war wütend geworden. Sie hatte davon gesprochen, sich bei General Glouton zu beschweren. Doch diese Drohung blieb vollkommen wirkungslos. Von Paris aus war Vichy nicht übermäßig zu fürchten, nicht einmal von den Dienststellen, die Vichy weiterhin unterstanden. Sie war noch einmal zu Outhenin zurückgegangen, der sich nun ebenfalls verleugnen ließ. Alle diese Leute waren Egoisten und Feiglinge. Sie überwachten sich gegenseitig. In Wirklichkeit hatten sie überhaupt keine Macht. Sobald sie spürten, daß Interessen im Spiel waren, wurden sie mißtrauisch. Diese Geschichte mit den Flugblättern machte ihnen angst. Natürlich hätte eine Untersuchung eingeleitet werden müssen. Vielleicht hatte man es hier nur mit der Laune untergeordneter Polizisten zu tun. Aber man konnte nicht wissen. Es war andererseits sehr schwer, eine solche Untersuchung anzuordnen, ohne daß der Eindruck entstand, man wolle Druck auf die Justiz ausüben, ohne daß die Polizei in Mißkredit geriet. Und in Zeiten wie diesen konnte einen der bloße Verdacht, man könne so etwas auch nur im stillen denken, in Teufels Küche bringen.
In dem Augenblick hatte Yolande sich entschlossen, die Avenue Kléber, das Hauptquartier von General Stulpnagel, aufzusuchen. Ah, was für ein Unterschied! Sie war auf der Stelle empfangen worden, ohne eine Minute warten zu müssen, zwar nicht von General Stulpnagel, der war auf Reisen (was stimmte, die Deutschen logen nicht), wohl aber von einem anderen, nicht minder bedeutenden General. Man

hatte unverzüglich ihre Aussagen zu Protokoll genommen. Ein interessantes Detail: Als der deutsche General bemerkte, daß Yolande so erschüttert war, daß sie nicht sprechen konnte, war er aufgestanden und hatte sie, die im Sessel aufrecht sitzen geblieben war, taktvoll an den Schultern gefaßt und dazu gebracht, sich anzulehnen und bequemer hinzusetzen, und dies mit einer so väterlichen Geste, daß sie fast geweint hätte. »Eine Geschichte wie die im Aufzug des Carlton«, murmelte Bridet. Am Ende, als sie sich wieder in der Gewalt gehabt hatte und ihm die Geschehnisse erzählt, hatte er zwar nichts versprochen, sich auch nicht über seine eigenen Gedanken dazu ausgelassen, aber sie hatte doch gespürt, wie sehr er von dem schändlichen Verhalten, von dem sie ihm berichtete, angewidert war. Beim Hinausbegleiten hatte er ihr fest die Hand gedrückt und ihr lange in die Augen geschaut. Er hatte nur wenige Worte gesagt, und sie lauteten: »Madame, ich werde sehen, was wir tun können.«

Während Yolande erzählte, mußte Bridet sich zurückhalten, um nicht vor Wut zu platzen. Wenn man den Menschen so fern steht wie er in diesem Augenblick Yolande, dann wird durch Sprechen der Graben noch vergrößert. Es war nichts zu machen. Dennoch sagte er in trügerischstem, sanftestem Ton:

– Das hast du sehr gut gemacht, Liebling. Danke. Aber, weißt du, ich habe den Richter gesehen, und ich glaube, daß meine Angelegenheit wieder in Ordnung gebracht wird. Deshalb ist es besser, du verhältst dich jetzt still. Wenn etwas schieflaufen sollte, Liebling, hast du noch genug Zeit zu handeln.

Am 15. März 1941 kam es vor der 5. Strafkammer zur Verhandlung. Während des Transports vom Boulevard Arago zum Justizpalast hatte ein Wachbeamter Bridet Handschellen anlegen wollen. »Ach, das ist doch nicht nötig ...«, sagte ein anderer. Doch als sie ankamen und der erste Wachbeamte seinen Hauptmann sah, stellte er sich vor Bridet und tat so, als nehme er ihm die Handschellen ab.

Der Vorsitzende der fünften Kammer war ein Mann von etwa sechzig Jahren, grauhaarig mit Bürstenschnitt. Von ihm ging etwas Bestimmtes, Entschiedenes aus, das im Gegensatz stand zur Weichlichkeit seiner Beisitzer.

Beim Eintreten fixierte Bridet erst den Richterstuhl, dann den Staatsanwalt, der, das mußte man zugeben, recht human aussah, durchaus imstande, theatralisch auf eine Anklage zu verzichten. In diesem Moment erhob sich Bridets Anwalt, streckte einen Arm über die Anklagebank und machte seinem Klienten ein Zeichen, sich zu ihm hinabzubeugen. Er sprach leise auf Bridet ein, doch der hörte ihm nicht zu. Er hatte Yolande entdeckt. Er winkte ihr zu. Durch Gesten gab sie ihm zu verstehen, daß alles bestens sei. Bridet nahm Platz, innerlich sehr ruhig. Er wußte, daß er für die gegenwärtigen Zeitläufte nicht viel riskierte: höchsten fünf Jahre Haft, die er nicht absitzen würde, wenn der Krieg vorher enden sollte. Allerdings erschien dieses Ende so fern, daß alles doch recht düster war. Im Grunde hing sein ganzes weiteres Leben von diesem Urteil ab, denn wie milde es auch ausfallen würde, kein Leben ist weniger sicher als das eines Menschen, der im Gefängnis sitzt, während draußen bedeutende Umwälzungen stattfinden.

Der Prozeß dauerte einige Minuten. Bridet antwortete auf die ihm gestellten Fragen ohne Zögern und emotionslos, denn seit man ihm die Flugblätter untergeschoben hatte, war viel Zeit vergangen. Er hatte den Ton dessen angenommen, der nicht versteht, was man von ihm will. Man erwies ihm kleinere Aufmerksamkeiten. So hatte der Vorsitzende bei der Aussage eines falschen Zeugen (es handelte sich um einen angeblichen, mit einem Gewerbeschein versehenen Händler aus der Rue Demours, den Bridet gedrängt habe, der Kommunistischen Partei beizutreten, und dem er Flugblätter gegeben habe) angesichts der Widersprüche dieses seltsamen Zeugen Bridet angesehen und unwillkürlich gezwinkert.

Der Staatsanwalt erhob sich, gab entsetzliche Banalitäten über die Aufrechterhaltung der Ordnung und die bolschewistische Gefahr von sich und setzte sich wieder.

Die drei Richter wechselten einige Worte miteinander. Bridet hatte den Eindruck, daß sie ihm gewogen waren. Der Vorsitzende sagte: »Ich glaube, es wäre besser, Sie würden die Tatbestände zugeben. Das Gericht wird dies wohlwollend aufnehmen und Nachsicht walten lassen.«

Schließlich wurde das Urteil gesprochen. Das Gericht entschied, daß die Tatbestände nicht nachgewiesen worden waren. Bridet wurde mangels Beweisen freigesprochen.

– Sie sind frei, sagte der Vorsitzende.

Bridets Gesicht leuchtete auf.

– Danke, danke, Herr Vorsitzender.

Kurz darauf kam ihm in den Sinn, daß er überhaupt keinen Grund hatte, irgend jemandem zu danken. »Oh, das war aus Nettigkeit. Ein bißchen Dankbarkeit und Nachsicht kosten wenig und machen soviel Freude.«

– Bis gleich, warte am Eingang auf mich, rief er Yolande zu, die stehend die Arme schwenkte, um ihm ihre Freude zu zeigen.

Bridet hatte bereits wieder die ungezwungenen Umgangsformen eines freien Menschen angenommen. Als der Wachbeamte ihm beim Verlassen der Anklagebank den Vortritt lassen wollte, legte Bridet ihm den Arm freundschaftlich auf die Schulter und sagte: »Nein, nein, nach Ihnen ... nicht immer ich ...«

Als er in den Gefangenenwagen stieg, der ihn zwecks Feststellung der Haftentlassung zum Gefängnis La Santé zurückbrachte, konnte er einige Worte mit Yolande wechseln. »Siehst du ... «, sagte sie. »Ja, Liebling, ich habe gesehen ...«

Die Formalitäten vollzogen sich nach den gewohnten Regeln. Sie erschienen Bridet endlos. Schließlich gab er in einem großen Buch seine Unterschrift. Als er es schloß, sagte der Büroschreiber, um sich wichtig zu machen: »Sie sind frei.« Man hatte Bridet Krawatte, Schnürsenkel und das wenige Geld, das er bei sich gehabt hatte, ausgehändigt.

Wären seine Kleider nicht durch die Desinfektion ausgebleicht, hätte er meinen können, nie Häftling gewesen zu sein. Ein Wächter begleitete ihn bis zum ersten Gitter. In dem von einem Glasdach geschützten Hof, der überquert werden mußte, um zum Ausgang zu kommen, standen Menschen in mehreren Gruppen. Vermutlich neue Häftlinge, die eingeliefert wurden. Plötzlich kamen zwei Männer auf Bridet zu.

– Sie sind Monsieur Bridet?

– Ja, warum?

– Wir haben den Auftrag, Sie zum Polizeipräsidium zu bringen. Bitte folgen Sie uns.

– Warum? Was ist los? Warum?

– Wir sind nicht im Bilde. Man wird es Ihnen dort sagen.

Im weiteren Verlauf der Unterredung begriff Bridet, was geschehen war. Auf Anordnung der deutschen Besatzungs-

behörden hatte sich der Polizeipräfekt verpflichtet gesehen, eine Internierungsverfügung gegen Bridet zu erlassen. Die zwei Inspektoren, denen dieser Auftrag übrigens höchst peinlich zu sein schien, erklärten ihm, daß dies häufig vorkomme, wenn ein Urteil nicht zur Zufriedenheit der Deutschen ausfalle. Ihrer Meinung nach war das Lager, in das Bridet gebracht werden sollte, das von Venoix, im Departement Oise – »eines der besten«, fügten sie hinzu.
Bridets Enttäuschung war so groß, daß er plötzlich nicht mehr an sich halten konnnte.
– ... Sie nennen sich Franzosen und machen eine solche Arbeit für die Boches ... Daß Sie sich nicht schämen. Lieber würde ich die Straße kehren, wenn ich mir mein Brot verdienen müßte.
In diesem Augenblick löste sich ein Mann aus einer der Gruppen im Hof. Er war sehr groß, aber schmal und gebeugt. Seine Gestalt war an der Brust extrem gekrümmt, so wie nach einem Schlag. Er war unrasiert. Er trug eine staubige, aus der Mode gekommene Melone. Er baute sich vor Bridet auf.
– Was sagen Sie da?
Bridet hatte sofort den Eindruck, daß es sich um einen der Polizisten handelte, die die Neuankömmlinge begleiteten.
– Ich sagte, daß die Franzosen, die sich in den Dienst der Boches stellen wie Sie in diesem Moment, sich verkauft haben und daß der Tag kommen wird, an dem man sie alle erschießt.
Der Mann nahm seinen Hut ab, so als wolle er sich auf die gleiche Stufe stellen wie sein Gegenüber.
– Sagen Sie mir das? fragte er mit einem starken Vorstadtakzent.
– Ihnen und den anderen.

– Ach, halten Sie doch Ihre ... Ich red jetzt zu Ihnen von Mann zu Mann, verstanden. Sie haben überhaupt kein Recht, denen, die für die Boches sind, irgendwas vorzuwerfen. Ich bin für die Boches, ich sag's Ihnen offen. Wir sind alle für die Boches, oder?

Die zwei Inspektoren blieben stumm, machten aber keine Einwände.

– Wenn man gemacht hat, was wir gemacht haben, kapieren Sie, Sie kleiner Angeber, na, dann muß mans auch zu Ende bringen. Prächtig, die Boches, sie leben hoch, sie sind die Asse, und wir sind die Ä ...

Als er sich sich immer mehr erhitzte, zogen die beiden Inspektoren Bridet weg. Beim Hinausgehen versuchten sie, ihm ins Gewissen zu reden. Er hätte nicht so von Frankreich sprechen dürfen, wie er es tat. Wer verallgemeinert, hat immer unrecht. Dann machten sie eine Bemerkung, die Bridet in höchstes Erstaunen versetzte: »Den Kerl von eben kennen wir. Das ist ein braver Kerl.«

Bridet verbrachte die Nacht und den folgenden Tag auf dem Polizeipräsidium. Er hatte Yolande benachrichtigen können, konnte sie aber nicht sehen, da er fortwährend von einem Büro ins andere, von einer Etage zur anderen, von einem Gebäude zum anderen gebracht wurde und immer schon gegangen war, wenn sie erneut seine Spur gefunden hatte.

Am übernächsten Tag wurde er, wie von den Inspektoren angedeutet, im Lager von Venoix in der Nähe von Clermont, im Departement Oise, interniert.

KAPITEL 17

Das Lager von Venoix sah wie eine Siedlung aus. Es war in großen Flachbauten aus Eisenbeton untergebracht, die für eine Fliegerschule bestimmt gewesen waren, deren Bau durch den Krieg unterbrochen worden war. Sie waren über ein riesiges Viereck verteilt. An einigen Details ließ sich ablesen, daß sie, einmal zu Ende gebaut, komfortabel gewesen wären. Gewisse Annehmlichkeiten, an die man in der Vergangenheit nicht gedacht hatte, waren vorgesehen.

Die Lebensweise in diesem Lager war so verschieden von der im Gefängnis, daß Bridet in den ersten Tagen eine Erleichterung spürte. Schon daß man an der frischen Luft sein konnte, erschien nach der Promiskuität der engen Zelle des Santé-Gefängnisses als eine große Gunst. Die Internierten hatten Platz. Sie wuschen ihre Wäsche, kochten Wasser. Sie promenierten zwischen den Gebäuden. Für Bridet waren es angenehmere Gefährten als seine ehemaligen Mithäftlinge im Gefängnis. Sie hatten kein Verbrechen auf dem Gewissen. Man spürte es bereits an ihrem Blick, an der Ungezwungenheit, mit der sie den Wachleuten antworteten, an ihrem Erstaunen angesichts bestimmter Strafmaßnahmen.

Seit seiner Ankunft in Venoix fragte sich Bridet, ob nicht einmal mehr Yolande diese Schwierigkeiten verursacht hatte. Hätte sie nicht die Deutschen aufgesucht, vielleicht hätten sie gar nicht an ihn gedacht. Aber da andere Internierte, für die niemand sich eingesetzt hatte, sich aufgrund ziemlich ähnlicher Abenteuer ebenfalls dabefanden, war es wahrscheinlich, daß sie auf sein Schicksal keinen Einfluß ausgeübt hatte.

Am Abend, nachdem er seine Umgebung ausgefragt hatte

und nun besser verstand, was ihm widerfahren war, schrieb er einen langen Brief an Yolande, um ihr mitzuteilen, welche Schritte sie unternehmen müsse, um seine Freilassung zu erwirken. Die Deutschen übten keinen Druck auf die Justiz aus, aber wenn sie der Meinung waren, daß ein Gericht nicht seine Pflicht getan hatte, daß das auf freien Fuß gesetzte Individuum gefährlich war, benachrichtigten sie die französischen Behörden. Das war offensichtlich geschehen. Eine schlichte Notiz an den Polizeipräfekten, worin dieser um Maßnahmen der Befriedung ersucht worden war, hatte seine Internierung zur Folge gehabt. Yolande mußte also mit äußerster Vorsicht vorgehen. Er riet ihr, sich nicht mehr an ihre Freunde in Vichy zu wenden. Sie hatten sich zu ausgiebig mit ihm beschäftigt, um an dieser Geschichte noch interessiert zu sein. Sie spielten darin übrigens keine Rolle, und eine Intervention ihrerseits, vorausgesetzt, sie wäre möglich, würde ihm eher schaden. Sie sollte die Polizei von Vichy, auch wenn die es gut meinte, besser aus dem Spiel lassen und versuchen, an eine Person heranzukommen, die eine Rolle in den Beziehungen zwischen der neuen französischen Verwaltung und den deutschen Besatzungsbehörden spielte.

Bridet war bereits drei Wochen im Lager, als Yolande endlich die Erlaubnis erhielt, ihn zu sehen. Der Besuch tat ihm gut. Er hatte erwartet, daß seine Frau mit verquollenen Augen und ganz verlegen vor ihm erscheinen würde, daß sie sich bewußt wäre, ein wenig die Ursache zu sein für das, was mit ihm geschah, daß sie sich um sein Verzeihen bemühen würde. Davor hatte er Angst, denn in diesem Zustand der Niedergeschlagenheit, in dem er sich befand, brauchte er weder Gewissensbisse noch Reuebezeigungen, sondern

Fröhlichkeit und Vertrauen. Yolande war so glücklich, ihren Mann wiederzusehen, daß sie fast zu schnell vergaß, daß er inhaftiert war. Bridet zog es das Herz zusammen. Sie ist schon erstaunlich, diese Schnelligkeit, mit der die Welt sich mit unseren Mißgeschicken abfindet und bereits wieder eine Zukunft baut, in der selbst das, was gerade verloren wurde, berücksichtigt wird. Im Grunde hielt es seine Frau mit ihm wie mit Frankreich. Er war frei gewesen. Nun aber galt es, sich den Tatsachen zu beugen: Er war es nicht mehr.
Sie ließ ihn sofort wissen, daß sie sämtliche Hinweise befolgt und keinen Tag ausgelassen habe, an dem sie nicht irgendwo vorstellig geworden sei. Doch so empört wie damals, als man ihren Mann festgenommen hatte, war sie nicht mehr. Bridet begriff, daß Yolande seine Lage, wie leidvoll sie auch immer sein mochte, nicht mit denselben Augen sah wie er. Sie fand sie nicht außergewöhnlich schrecklich, nicht schrecklicher als die eines Kriegsgefangenen. Sicher, es war hart, aber am Ende würde sich doch alles einrenken. Bridet hatte sogar den Vorteil, in Frankreich zu sein, was seiner Frau die Möglichkeit bot, ihn von Zeit zu Zeit zu besuchen und wirksamer zu handeln. Es war also gar nicht so schlecht, daß er in diesem Lager interniert war. Solange er da war, setzte er sich nicht weiteren Gefahren aus. Diese Internierungsmaßnahme, so ungerecht und überraschend sie auf den ersten Blick erschien, war doch, dachte man nur an das Unglück, das Frankreich möglicherweise noch heimsuchte, gleichsam eine Garantie für die Zukunft. Da er nun offiziell als jemand galt, der außer Gefecht gesetzt worden war, konnte man davon ausgehen, daß die Boches ihn jetzt in Ruhe lassen würden.
Bridet warnte seine Frau vor dieser Illusion. So sicher war er gar nicht in diesem Lager. Man hatte ihm erzählt, daß alle

drei bis vier Tage ein deutscher Offizier mit der Lagerverwaltung Gespräche führte und daß nach diesen Visiten fast immer einer der Internierten ins Büro gerufen wurde. Am nächsten Tag verließ er dann das Lager, und man hörte nicht mehr von ihm. Bridet war sich keineswegs sicher, daß dieses Abenteuer nicht auch ihn eines Tages erwartete. Höchstwahrscheinlich handelte es sich um Personen, die die Deutschen dann vor ihre eigenen Gerichte stellten. Bei den Franzosen bestand ja noch die Hoffnung, sich aus der Schlinge zu ziehen, aber bei den Boches ...

Yolande antwortete mit Überzeugung, er solle sich nicht beunruhigen. Wen die Deutschen auf diese Weise reklamierten, war sicher kein Waisenknabe. Man hatte vermutlich herausbekommen, daß er in einer Widerstandsorganisation mitarbeitete. Er war vielleicht sogar an Attentaten beteiligt. Er aber, da er ja nichts angestellt hatte, könne seelenruhig schlafen. Die Deutschen schlugen nicht blindlings zu, sie wußten ganz genau, was sie taten.

»Aber schließlich bin ich doch wegen ihnen hier!« rief Bridet. »Du vergißt die Geschichte mit den Flugblättern. Wir wissen nicht, was dahintersteckt.«

Yolande lächelte. Wenn ihrem Mann wirklich nur diese Flugblätter vorgeworfen wurden, dann, sie wollte es lieber gleich sagen, machte sie sich keine großen Sorgen. Sie war sich da im übrigen mehr als sicher, aber da er sich beunruhigte, konnte sie ihm ja sagen, daß sie ihre Zeit nicht verplempert hatte. Durch sie waren die Präfekten der Departements Oise und Seine informiert worden. Sollte sich in zwei oder drei Wochen (sie durften nicht den Eindruck gewinnen, man wolle sie drängen) nichts Neues ergeben haben, würde sie Mittel und Wege finden, sie aufzusuchen.

Aber im Grunde glaubte sie nicht, daß es der günstigste Weg

war. Nur ihres Mannes wegen war sie so vorgegangen. Wäre es nach ihr gegangen, hätte sie schon gewußt, was zu tun war.

– Was hättest du denn getan? fragte Bridet.

– Soll ich dir sagen, antwortete sie, wer allein etwas für dich tun kann? Wer allein noch einigen Einfluß auf die Deutschen hat, wer ihnen sogar noch imponiert, den sie aus gutem Grund mit Samthandschuhen behandeln? Das ist die Armee.

Yolande hätte schon früher, in Vichy, daran denken sollen, statt ihre Zeit damit zu verschwenden, vom Hôtel du Parc zum Hôtel des Célestins zu laufen. Sie hätte nichts anderes unternehmen sollen, als ins Kriegsministerium zu gehen. Aber es war noch nicht zu spät. Sollten sich die Präfekten nicht rühren, na, dann würde sie sich eben dahin wenden.

– Paß auf, warnte sie Bridet.

Ein Monat verging, ohne daß Bridet irgend etwas von seiner Frau hörte. Sie schrieb ihm sicherlich, aber die Briefe wurden wohl irgendwo zurückgehalten. Immer öfter dachte er an Flucht. Er hatte den Eindruck, je länger er wartete, desto schwieriger wurde es, zu de Gaulle zu stoßen. Die Polizei organisierte sich. Und dann machte ein beunruhigendes Gerücht die Runde im Lager. Die Gefangenen, die man nach jenen Visiten der deutschen Offiziere wegbrachte, wurden nicht vor ein Gericht gestellt. Es waren Geiseln. Und der Grund, warum niemand mehr von ihnen hörte, war ganz einfach. Sie waren erschossen worden.

Als Yolande endlich wieder ihren Gatten besuchte, teilte er ihr seine Absicht zu fliehen mit. Sie gab keine Antwort, wagte nicht, ihn davon abzubringen, aber als er sie bat, ihm zu helfen, gab sie ihm zu bedenken, daß es wirklich unnötig sei, ein solches Risiko zu einem Zeitpunkt auf sich zu nehmen, an dem seine Entlassung abzusehen war. Sie hatte aus Wiesbaden den Brief eines Offiziers aus dem Generalstab des Generals Huntziger erhalten, von Hauptmann Aloysius Dupont, der bei der Waffenstillstandskommission war. Er hatte die Schritte veranlaßt, um die sie ihn gebeten hatte. Nach den Auskünften, die er hatte einholen können und die er jetzt gern an sie weitergab, war der Fall ihres Mannes bekannt. Für Monsieur Joseph Bridet bestand überhaupt keine Gefahr. Er wurde im Lager von Venoix nicht wegen der Schwere seiner Vergehen festgehalten, sondern infolge der Verpflichtung, in der sich unsere Ex-Gegner gegenüber der französischen Bevölkerung sahen, nämlich eine einmal getroffene Entscheidung nicht zu widerrufen. Man könne allerdings damit rechnen, daß in naher Zukunft eine Lösung gefunden werde, die alle Beteiligten zufriedenstellen werde. Schlessinger hatte dieselben Auskünfte erhalten. »Ich muß dir noch etwas sagen, was dich freuen wird«, fügte Yolande hinzu. »Seit du im Lager bist, sind alle wie umgewandelt in bezug auf dich. Das Entgegenkommen und die Freundlichkeit unserer Freunde hat mich zutiefst gerührt. Selbst Outhenin tut alles, was er kann, für dich, und zwar ganz im Ernst. Was willst du, wir Franzosen mögen uns noch so streiten, eines versöhnt uns auf der Stelle, nämlich die Anmaßung der Ausländer, sich in unsere Angelegenheiten zu mischen.«

Einige Tage später wurde Bridet zur Lagerleitung gerufen. Hauptmann Lepelletier machte einen rechtschaffenen Eindruck. Er hob nicht einmal den Blick zu Bridet. Er wies ihn darauf hin, daß das Innenministerium von ihm einen Bericht über seine Führung verlangt hatte.

– Hier ist der Bericht, den ich über Sie angefertigt habe, fügte der Hauptmann hinzu und reichte ihn Bridet mit der Bitte, ihn zu lesen.

Es war ein banaler Bericht, in dem vor allem Daten standen. Er endete mit dem neutralen Satz: »Joseph Bridets Betragen hat zu keiner besonderen Bemerkung Anlaß gegeben.«

Nachdem Bridet den Bericht zurückgegeben hatte, schwieg er, da er nicht wußte, warum er ihn zum Lesen bekommen hatte, und wartete auf irgendeine Frage. Aber der Hauptmann stellte ihm keine einzige. Immer noch mit gesenktem Kopf sagte er, daß er sich entfernen könne.

– Warum haben Sie mich diesen Bericht lesen lassen? fragte Bridet.

– Zu Ihrer Orientierung, zu Ihrer Orientierung ...

Den Rest des Tages dachte Bridet nicht mehr an den Vorfall. In seinem Bett fiel er ihm aber plötzlich wieder ein.

Es war seltsam. Das hatte es noch nie gegeben, daß ein Lagerleiter den Bericht, den er für seinen Vorgesetzten schrieb, dem Betreffenden zu lesen gab. Das war augenscheinlich eine Freundlichkeit. Aber Bridet kannte den Hauptmann gar nicht. Weshalb diese Freundlichkeit? Es gab da offensichtlich einen Hintergedanken, den Bridet verstehen sollte. Ein wenig war es so, als habe Hauptmann Lepelletier für den Fall, daß etwas passieren sollte, die Verantwortung vorab von sich gewiesen. Das war eine Deutung. Eine andere, beruhigendere war die, daß der Hauptmann, der ahnte, daß der Häftling bald entlassen werden würde, dessen Sympathie gewinnen wollte. Wo lag die Wahrheit? Bridet schlief schließlich ein.

In den folgenden Wochen hörte er nichts mehr von diesem Bericht. Schließlich vergaß er ihn. Dieses Auskunftsgesuch ging, daran war wohl nicht zu zweifeln, noch auf jenes Bedürfnis der Behörden zurück, alles unter Kontrolle zu halten, Autorität zu demonstrieren.
Bridet gewöhnte sich an das Lagerleben. Er freundete sich mit einigen seiner Leidensgenossen an. Alle fühlten und reagierten mehr oder minder ähnlich. In moralischer Hinsicht war er weniger einsam als in Freiheit. Diese 250 Männer, die aus den verschiedensten sozialen Milieus kamen, flößten durch ihre Einheit Respekt ein. Ein Eindruck von Stärke ging von ihnen aus, und wie damals nach dem Übertreten der Demarkationslinie in der kleinen Bar empfand Bridet Stolz, zu einer solchen Gruppe zu gehören. Hier fühlte er sich sicher, weitaus sicherer als in den Fluren der Vichy-Ministerien. Man konnte ihm nichts antun. Er gehörte zu einer Gemeinschaft, die in der Lage war, auf jede gegen sie gerichtete Maßnahme wirkungsvoll zu antworten. Das war bereits unter Beweis gestellt worden. Mehrfach schon waren die Behörden gezwungen gewesen, eine Entscheidung zurückzunehmen.
Eines Abends jedoch machte im Lager das Gerücht die Runde, zwei Häftlinge, die vor drei Tagen ins Gefängnis von Clermont überführt worden waren, seien hingerichtet worden. Man nannte die Namen. Einige bestätigten, daß sie guillotiniert worden seien. Das erschien Bridet so ungeheuerlich, daß er es nicht glaubte. Derartige Greuelgeschichten erschienen ihm immer als Ausgeburt der Phantasie. Im übrigen teilten nicht wenige seiner Kameraden seine Zweifel. Aber es gab andere, nicht weniger zahlreich, die von der Wahrheit des Gerüchts überzeugt waren. »Wenn es stimmt, dann müssen unsere beiden Kameraden etwas getan haben,

wovon wir nichts wissen«, bemerkte Bridet. »Keineswegs«, gab man ihm zur Antwort. »Sie haben nichts getan. Sie wurden als Geiseln hingerichtet.« Einer der beiden war ein Mann von 57 Jahren, aus bescheidenen Verhältnissen (ein Straßenarbeiter, der das Pech hatte, einer Arbeiterorganisation anzugehören), der inhaftiert worden war, weil er am Tag nach dem Treffen zwischen Pétain und Hitler in Montoire beleidigende Äußerungen über den Staatschef gemacht hatte.

Indem er sich die Sympathie eines Lagerangestellten zunutze machte, die er gewonnen hatte, als er erzählte, früher habe er für Zeitungen geschrieben, versuchte Bridet die Wahrheit herauszubekommen. Tatsächlich waren zwei Männer hingerichtet worden. Aber mehr konnte er nicht in Erfahrung bringen. Dennoch hatte er den Eindruck, daß man im Büro bereits eine Woche vorher gewußt hatte, daß die beiden Männer hingerichtet würden (der zweite war ein siebenundzwanzigjähriger Volksschullehrer). Während also die Gefangenen ihre Wäsche wuschen, ihrer Familie schrieben, sich den kleinen Beschäftigungen eines verlangsamten Lebens hingaben, während dieser Zeit hatten diese Beamten also gewußt, daß man zwei Männer töten würde. Daß sie weiter das Lager überwachten, als sei alles normal, machte sie von einem Tag auf den anderen verabscheuenswürdig. Zwischen dem Wachpersonal und den Häftlingen kam es zu heftigen Auseinandersetzungen. Hauptmann Lepelletier erwog, rücksichtslos durchzugreifen. Schließlich wurden einige Beamte versetzt. Ruhe kehrte wieder ein. Dennoch blieb die Stimmung gedrückt. Kein Tag verging, ohne daß das Gerücht umging, weitere Geiseln würden ausgewählt. Zeitungen tauchten im Lager auf. Bei jedem Bericht über ein Attentat oder Sabotage brodelte es im Lager. Vor den Pavillons bildeten sich Gruppen. In der Lagerleitung kam schließlich Nervosität auf. Zu diesem Zeitpunkt wurde eine Erklärung ausgehängt, die zusammengefaßt folgendermaßen lautete: »Die Lagerleitung hat eine gewisse Aufregung wegen einer vermeintlichen Auswahl von Geiseln bemerkt. Sie legt großen Wert darauf, die Internierten des Lagers von Venoix wissen zu lassen, daß die Regierung des französischen Staates sich jeder Auswahl von Geiseln in den Internierungslagern widersetzt hat, daß die Gerüchte, die diesbezüglich in Umlauf gewesen sind, jeder Grundlage entbehren, daß noch nie irgendeine Geisel ausgewählt, geschweige denn hingerichtet worden ist.«

Diese Erklärung beruhigte einige Gemüter, ließ Bridet aber völlig kalt. Die Regierung des französischen Staates, die da, wo es um Ehrenhaftigkeit und Rechtschaffenheit ging, so empfindlich war, nahm es bei einer Lüge weniger genau. Sie mußte nur versichern, bestimmte Gruppen von Franzosen seien nicht betroffen, und sofort waren diese auf der Hut.

Bridet schrieb Yolande, daß er sie unverzüglich sehen wolle. In Andeutungen gab er ihr zu verstehen, was sich zutrug. Dieses Gefühl, bei einer Auswahl der Gnade des Zufalls ausgeliefert zu sein, machte das Lagerleben sehr anstrengend. Sie schrieb ihm zurück, er solle sich doch bitte nicht derart von Eindrücken bestimmen lassen. Sie kümmere sich um ihn. Sie hoffe, in Kürze erfolgreich zu sein. In spätestens zwei Wochen werde sie ihn aufsuchen, nicht mit leeren Händen, sondern mit einer guten Nachricht.

Wie versprochen, erschien sie vierzehn Tage später im Lager. Mit der Zeit, die er im Santé-Gefängnis verbracht hatte, ergab das bereits fast sechs Monate, die Bridet seiner Freiheit beraubt war. Er hatte sehr abgenommen. Das war nichts gegen das Gefühl, in einem Schraubstock zu stecken, der unerbittlich angezogen wurde. Trotz der Schritte, die sie unternommen hatte, ihrer Laufereien, ihrer Briefe und Freundschaftsappelle war er noch immer Gefangener, und zwar unter Bedingungen, die sich unmerklich verschlechterten. Als er seine Frau sah, kaum verändert, eher noch schöner geworden, sichtlich glücklich, wieder ein aktives Leben zu führen, hatte er den Eindruck, daß sie sich zwar seelisch von ihm nicht gelöst hatte, daß sie aber den Ernst der Lage überhaupt nicht realisierte. Sie umarmte ihn wie eine Frau, die einen heimgekehrten Soldaten empfängt, indem sie so tut, als vergesse sie, daß sie elegant gekleidet und sorgfältig geschminkt ist. Sie sagte ihm ohne weitere Umschweife, daß sie nicht früher gekommen sei, weil sie eine große Nachricht abgewartet habe. Sie hatte sie bekommen. Bridet war frei. Es war zu Ende. Er war kein Häftling mehr...

Bridet blieb einen Augenblick stumm vor Freude. »Oh, Liebling«, schrie er dann los, »wenn du wüßtest, von welcher Last du mich da befreist.« Er erklärte ihr, daß er nicht unter dem Lagerleben gelitten hatte. Es war ihm egal, ob er schlecht aß, schlecht schlief, in einem Bau hauste, dessen Zement nicht trocken war. Sein leibliches Wohl hatte er noch nie so wichtig genommen. Yolande wußte das genau. Fürchterlich dagegen war es gewesen, sich jeden Morgen zu fragen, ob nicht wieder Geiseln ausgewählt worden waren, ob er nicht darunter war.

Am Abend bedauerte Bridet, daß er Yolande nicht um nähere Angaben gebeten hatte. Aber das ging häufig so mit guten Nachrichten. Aus Angst, man könne einen weniger glücklichen Aspekt darin entdecken, wagt man nicht davon zu sprechen. Er war entlassen, aber einstweilen war er noch immer da. »Sie wollte sagen«, dachte Bridet, »daß meine Entlassung unterzeichnet ist, daß ich nach dem Gesetz frei bin. Ich muß nur warten, bis die Formalitäten erledigt sind.«

Eine Woche verging, ohne daß er die kleinste Nachricht hinsichtlich seiner Entlassung erhielt. Im Lager waren noch immer die unterschiedlichsten Gerüchte im Umlauf. Manche verschwanden, wie sie gekommen waren, andere aber hielten sich hartnäckig und blähten sich noch auf durch die widersprüchlichsten Neuigkeiten. Darunter war auch ein Gerücht, das unterschiedlich eingekleidet immer wieder auftauchte. Ein höherer Offizier, einige sagten sogar, ein General, war ganz in der Nähe, in Beauvais, ermordet worden. Ein zweiter war ebenfalls getötet worden, noch näher, in Clermont, wenn es nicht ein und derselbe war. Über die Bewohner dieser beiden Städte war Ausgangssperre verhängt worden. Darüber hinaus war ihnen ausdrücklich verboten worden, nachts ihre Türen zu schließen. Angesichts dieser Sachlage hätte man fast auf das Schicksal der Internierten von Venoix neidisch sein können. »Ihr werdet noch sehen, was uns das einbringt«, sagten einige. Keine Situation ist bedrohlicher als die von Gefangenen, die aufgrund außergewöhnlicher Umstände sich im Verhältnis zur Bevölkerung in einer bevorzugten Stellung wiederfinden.

Bridet versuchte sich mit dem Gedanken zu beruhigen, daß er, wenn Geiseln ausgewählt würden, nicht darunter sein könnte, da die Lagerverwaltung den Entlassungsbefehl zwar noch nicht umgesetzt, ihn aber doch mit Sicherheit erhalten hatte. Doch ganz befriedigte ihn diese Annahme nicht. Wenn man sich darüber hinwegsetzte, was konnte er da machen? Das hatte es in Vichy schon gegeben. Selbst wenn sie sich getäuscht haben sollten, würden die Behörden ihren Fehler nicht eingestehen. Die Auswahl einer Geisel ist eine zu ernste Angelegenheit, als daß sie zurückgenommen werden könnte, um so mehr, als ein solcher Schritt die Auswahl einer Ersatzgeisel erfordert.

Weitere Tage vergingen, ohne daß die Häftlinge etwas Neues erfuhren. Ganze Tage gingen dahin, ohne daß der getötete deutsche Offizier auch nur erwähnt wurde. Doch plötzlich kursierten dieselben Gerüchte, jetzt viel präziser. In derselben Nacht waren in Clermont ein deutscher Oberst und ein einfacher Soldat ermordet worden. Wenn sich die Schuldigen nicht in den nächsten vierundzwanzig Stunden meldeten, würden fünfzehn Geiseln ausgewählt und erschossen werden.

Diese Nachricht machte einen solchen Eindruck auf Bridet, daß ihn eine wahnsinnige Wut auf Yolande packte. Er mußte jemandem die Schuld geben. Diese Frau war wirklich kriminell. Es war ihre Schuld, daß er hier war. Warum, wo sie doch behauptet hatte, er sei entlassen, hatte sie sich nicht um ihn gekümmert, warum hatte sie die Formalitäten nicht beschleunigt? Er hatte ihr die Gefahren, in denen er schwebte, wahrlich nicht verheimlicht. Er schrieb auf der Stelle einen Brief, aber er machte dermaßen viele Fehler, daß er es nicht wagte, ihn dem für die Post zuständigen Beamten zu geben. Nun sollte gerade ein gewisser Baumé, in glücklicherer Lage als er, da man sich wenigstens um ihn kümmerte, am selben Abend das Lager verlassen. Bridet gab ihm den Brief. Er bat ihn, Yolande aufzusuchen, mit ihr zu sprechen, ihr zu berichten, was sich abspielte. Wenn sie von ihrem Mann über einen Unbekannten hörte, war sie vermutlich empfänglicher.

Der Nachmittag schien endlos. Die Gespräche drehten sich nur noch um die Auswahl der Geiseln. Wurden fünfzehn genommen, standen für jeden die Chancen dranzukommen eins zu zwanzig. Gegen fünf Uhr hatte er Gelegenheit, mit einem Kameraden eine Flasche Wein zu trinken. Waren all diese Gerüchte nicht übertrieben? Der Zeitpunkt, zu dem die Lagerleitung erklärt hatte, daß es niemals zu einer Auswahl von Geiseln kommen werde, lag noch nicht so lange zurück. Sie konnte sich nicht so rasch widersprechen. Und dann, war es denn überhaupt sicher, daß dieser Offizier in seiner Eigenschaft als Deutscher getötet worden war? Nach dem, was in gewissen Kreisen gemunkelt wurde, war er durch einen Ehemann getötet worden, der ihn mit seiner Frau überrascht hatte. In Wirklichkeit handelte es sich um ein Verbrechen aus Leidenschaft. Man konnte doch nicht fünfzehn Männer erschießen, weil ein Ehemann den Geliebten seiner Frau getötet hatte. Was den Soldaten betraf, so war er betrunken gewesen. Seine Leiche hatte man am Morgen nach einer Schlägerei zwischen deutschen Soldaten vor dem Alcazar gefunden.

Bridet legte sich auf sein Bett. Alle seine Zimmergenossen waren da. Gewöhnlich spielten sie um diese Zeit Karten, aber an diesem Abend redeten sie nur. Am liebsten wäre Bridet allein gewesen, hätte niemand gesehen. Noch glaubte er nicht, daß Geiseln ausgewählt werden würden, aber '39 hatte er auch nicht geglaubt, daß der Krieg ausbricht. Er kreuzte seine Hände hinter dem Nacken. Die Ohren lassen sich nicht so schließen wie die Augen. Es tat ihm weh, immer wieder aufs neue zu hören, was er bereits den ganzen Tag gehört hatte. Am bedrückendsten in den tragischen Augenblicken des Lebens ist die Verstörung derer, die um uns sind. Unter großer Willensanstrengung ist es uns gelungen, alles aus unserem Kopf zu werfen, was Angst in uns heraufbeschwören könnte. Und dann sind wir von Leuten umgeben, die sich nicht derselben Anstrengung unterworfen haben. Bridet hielt es nicht mehr aus, sie sprechen zu hören. Er setzte sich allein hinter einen Pavillon. Als er eine halbe Stunde später zurückkehrte, traf er Baumé. »Ich fahre nicht«, sagte der und gab ihm den Brief zurück. Er war bleich. Seine Hände zitterten leicht. Man hatte ihm gerade mitgeteilt, daß seine Abreise verschoben worden war.

Diese Nachricht traf Bridet dermaßen, daß er wenige Minuten später seinen Brief nicht sofort fand, als er ihn suchte. Er hatte ihn zusammengefaltet und in die Tasche gesteckt. Der Ring wurde enger. Wenn man schon die Abreise eines Mannes aussetzte, dessen Papiere fertig waren, wie konnte dann Bridet noch mit seiner Entlassung rechnen? Befehle kamen offensichtlich von außen. Hauptmann Lepelletier und seine Offiziere waren nur noch Ausführende.

Doch ein großer Schock wie dieser schafft Klarheit in uns. Wenn wir spüren, daß uns das Leben genommen werden kann, wenden wir uns auf uns selbst zurück, und wir begreifen, daß nur eines uns stark genug werden läßt, um dieser Prüfung zu trotzen: nämlich genau nach unserem Gewissen zu handeln. Am Abend in seinem Bett überfiel Bridet Scham wegen all dem, was er den Tag über gesagt und gehofft hatte. Er hatte gesagt, der deutsche Soldat sei von einem eifersüchtigen Ehemann getötet worden. Aber tief in seinem Innern wußte er sehr gut, daß er, wenn es nicht um sein eigenes Leben gegangen wäre, dies nicht gewollt hätte. Er hätte vielmehr behauptet, daß dieser Boche in voller Absicht von einem Patrioten getötet worden sei und daß man alle Boches töten müsse. Er hatte auf seine Entlassung gehofft. Wie feige das war! In einem Augenblick, da Franzosen sterben sollten, wäre er bereitwillig gegangen, hätte er seine Landsleute im Stich gelassen.

Gegen neun Uhr morgens erfuhr man, daß Offiziere der *Kommandantur* von Beauvais sehr früh schon bei der Lagerleitung vorstellig geworden waren. In ihrer Begleitung befand sich ein Mann in Zivil. Es hieß, es handle sich um den leitenden Beamten der Unterpräfektur von Clermont. Die Lagerbeamten hätten ihm mehr als hundertachtzig Akten übergeben. Diese Akten befänden sich jetzt im Innenministerium.

Diese Gerüchte versetzten Bridet in tiefe Niedergeschlagenheit. Er wollte es nicht glauben. Es war reiner Klatsch. Wie hätte man es wissen können? Angenommen, es war wahr, wie hätten die Gefangenen es zwei Stunden später erfahren? Bridet erging sich in ironischen Ausfällen gegen Leute, die stets wohlinformiert sind. Aber diese Delegation sozusagen war von zahlreichen Kameraden beobachtet worden. Wenn man auch nicht wußte, weshalb sie gekommen war, so konnte man kaum leugnen, daß sie dagewesen war. Bridet antwortete, es sei ganz natürlich, daß die Deutschen die Lager inspizierten. Sie hatten das Land besetzt. In dieser Eigenschaft gingen sie überall hin. Alles andere waren reine Vermutungen.

Den Tag über passierte nichts Nennenswertes. Am folgenden Tag schrieb Bridet einen weiteren, sehr viel kürzeren Brief an Yolande. Er war froh, daß der erste nicht abgegangen war. Das Wetter war prächtig. Er hatte den Eindruck, daß die Gefahr vorüber war. Sie dauerte zu lange, um bedrohlich zu bleiben.

Es war gegen zehn, Bridet schaute gerade aus dem Fenster über seinem Bett, als er plötzlich auf der Landstraße, auf der anderen Seite des Stacheldrahts, zwei Lastwagen erblickte, in dem zwei Männer aufrecht standen. Die Entfernung war noch zu groß, um auszumachen, wer diese Männer waren. Die Lastwagen näherten sich, hinter sich eine Wolke aus Straßenstaub aufwirbelnd. Dann erkannte er deutsche Soldaten. Sie kamen, um die französischen Wachsoldaten abzulösen. Bridet, der sonst im Leben die schlechten Nachrichten immer für sich behielt, war so bestürzt, daß er sofort seine Kameraden rief. Sie preßten sich ans Fenster. Einige Minuten lang schienen sie die Bedeutung dieser Ablösung nicht zu begreifen. Dann, als würde es sie erleichtern, wenn sie die Lage noch schwärzer malten, begannen sie zu jammern. Nicht fünfzehn Geiseln würden erschossen, sondern 30, 50. Und die Deutschen würden sich einen Dreck darum scheren, ob die verheiratet waren, ob jemand ein Familienvater, Ernährer der Familie, Held des letzten Krieges, Kriegsversehrter oder sonstwas war.

Bridet bedauerte, daß er das Zimmer so in Schrecken versetzt hatte. Als er versuchte, zu erklären, daß noch nicht alles verloren sei, wurde er brutal zum Schweigen gebracht. Bridet war wohl blind. Er stellte sich also vor, die Boches würden sich wegen nichts in Bewegung setzen. Na, er würde schon sehen. In Bälde. Es dauerte nicht lange, und dann wäre er dran. Doch dieser kollektive Wutanfall verging schnell.

– Man müßte dennoch versuchen, etwas herauszufinden, sagte einer der Internierten.

– Einer von uns sollte zum Büro gehen, schlug ein anderer vor.

Bridet bot sich an. Wenig später fragte er Leutnant Corsetti, ob es stimme, daß man im Lager Geiseln nehmen wolle. Kaum hatte er die Frage gestellt, begann der Leutnant wie verrückt zu gestikulieren. »Das ist doch Blödsinn. Was habt ihr denn nur alle? Habt ihr denn schon die Erklärung vergessen, die ausgehängt wurde? Unglaublich, daß Männer so nervös sein können. Sicher gibt es unter euch Individuen, die euch aufstacheln. Was sollen denn die Deutschen, die uns beobachten, bloß von uns denken? Man sagt uns schon nach, Schwärmer und Windbeutel zu sein, jetzt wird noch dazukommen, daß wir Memmen sind.«

Die französischen Wachsoldaten waren durch Deutsche abgelöst worden, aber da nichts geschah, machten sich wieder Ruhe und Hoffnung breit. Man beobachtete sie, näherte sich ihnen aber noch nicht. Sie sahen nicht bösartig aus. Und beruhigend war, man spürte, daß sie lediglich blind einer Dienstvorschrift folgten und nichts auf eigene Faust unternehmen würden. Doch mitten in der Nacht waren mehrfach vereinzelte Schüsse zu hören. Eine gewisse Nervosität lag in der Luft. Offenbar waren die ausgegebenen Wachvorschriften so streng, daß die Wachen schon eines Schattens wegen die Nerven verloren.

Am nächsten Morgen versuchten die Inhaftierten die Wachen auszufragen. Anfangs ließen sie es zu, daß man sich ihnen näherte. Aber das Manöver schien bemerkt worden zu sein, denn am Nachmittag trafen ohne Ausnahme alle sofort Anstalten, von der Schußwaffe Gebrauch zu machen, sobald man sich ihnen näherte.

Erst um vier wurde das Lager erneut in große Aufregung versetzt. Ein Wagen deutschen Fabrikats, mit offenem Verdeck und grau angestrichen, der bereits fünfhundert Meter vor dem Eingangstor zu hupen begonnen hatte, damit der Wachsoldat den Schlagbaum öffnen konnte, fuhr mit voller Geschwindigkeit ins Lager ein und hielt dann abrupt vor dem Bau, wo die Büros der Lagerleitung waren. Als erster stieg ein höherer deutscher Offizier aus, gefolgt vom Unterpräfekten und den zwei Adjutanten des Hauptmanns, der das Lager kommandierte. Man präsentierte das Gewehr. Er streckte den Arm aus und schlug die Hacken zusammen. Der Unterpräfekt hatte seinen Hut abgenommen. Die Adjutanten, etwas im Hintergrund bleibend, hielten die Hand am Käppi. Man spürte, daß sie stolz waren, weiterhin so salutieren zu dürfen. Mochten sie auch unter fremder Herrschaft stehen, niemand hatte es gewagt, ihnen zu verbieten, auf ihre Weise zu salutieren.

Angesichts der pessimistischen Stimmung, die sich aller bemächtigte, fühlte Bridet, wie er schwach wurde. Seine Kameraden glaubten an ein bevorstehendes Drama, und er allein wollte immer noch hoffen. Er sagte: »Nichts beweist, daß Geiseln ausgewählt werden. Es kann sein, daß wir das Lager wechseln sollen.« Seine Kameraden schauten ihn an. Doch dieses Mal regten sie sich nicht auf, denn sie begannen den Charakter Bridets zu verstehen.

In der Nacht fielen erneut Schüsse, häufiger als die Male zuvor. Bridet packte die Angst. In einem Kollektiv gibt es gleichsam das Bedürfnis, vor Akten der Grausamkeit ein entsprechendes Klima zu erzeugen. Diese nutzlosen Schüsse waren, das verstand er jetzt, eine Art Anstachelung, wie die Durchführung einer verabscheuenswürdigen Tat sie verlangt.

Um acht Uhr erklangen Schreie im Bau. Derjenige, der Kaffee holen sollte, hatte nicht hinausgehen können. Vor der Tür stand ein Wachposten. Alle drängten sich an die Fenster. Bridet allein blieb auf seinem Bett liegen. Urplötzlich war eine tiefe Mutlosigkeit über ihn gekommen, und zwar, seltsam genug, genau in dem Augenblick, als seine Kameraden, empört darüber, daß man sie einsperrte, wild gestikulierten und schrien und mit Vehemenz gegen eine Maßnahme rebellierten, die ihnen gleichzeitig verbot, sich zu waschen und ihren Kaffee zu trinken. Bridet, den Kopf in den Händen vergraben, hörte sie nicht. Er sann darüber nach, daß sie recht hatten. Man hatte Geiseln ausgewählt. Sie hatten es ihm gesagt, und er, der nie das Böse sehen wollte, hatte ihnen nicht geglaubt. Seine Jugendjahre glitten an seinen Augen vorüber. Wie lebendig sie erschienen. Viel Zeit war vergangen, und doch war ihm, daß er, wäre er frei gewesen und hätte dorthin zurückkehren können, wo er sie erlebt hatte, alles genau am selben Platz wiedergefunden hätte, als hätte es Zeit und Krieg nie gegeben. Dann dachte er an Yolande. Nie würde sie den Brief rechtzeitig erhalten, und selbst wenn sie ihn erhielte, wäre es zu spät. Für einen Augenblick kam ihm der Gedanke, etwas zu tun, um sich zur Wehr zu setzen. Man hatte ihm so oft gesagt, daß alles, was ihm an Unangenehmem widerfuhr, seine eigene Schuld sei. Da doch sein Entlassungsbefehl bereits unterschrieben war, warum hatte er es nicht im Büro gesagt? Warum diese ewige Gleichgültigkeit? Man hätte es ihm nicht geglaubt ... Nun, dann hätte er auf den Tisch hauen müssen, hätte verlangen müssen, daß angerufen wird usw. Und statt in Todesgefahr zu schweben, wäre er in dieser Minute zu Hause.

Er spürte, wie jemand seine Schulter berührte. Es war sein Bettnachbar. »He, was haben Sie?« fragte der ihn. Bridet war so überrascht, daß er nicht antworten konnte. »Sie werden nicht dazugehören«, fuhr sein Kamerad fort. Da begriff Bridet, daß noch nicht alles verloren war, und er wurde vor Scham rot, daß er sich selber gegenüber so heuchlerisch gewesen war und sich die Fehler vorgeworfen hatte, die ihn gehindert hatten, sich dem gemeinsamen Schicksal zu entziehen.

Etwas mehr als eine Stunde verstrich. Plötzlich war Stimmengewirr zu hören. Erneut rannten einige Häftlinge an die Fenster, doch in diesem Moment öffneten auch schon jene, von deren Stimmen sie aufgeschreckt worden waren, die Tür. Eine Gruppe von Männern, an ihrer Spitze drei deutsche Offiziere, betraten den Bau.
– Ich grüße Sie, meine Herren, sagte einer von ihnen, nicht so, als würde er sich an feige Feinde seines Landes wenden, sondern an Männer, die durch die Umstände plötzlich einen sehr hohen Rang einnahmen.
Die Franzosen, die diese Offiziere begleiteten, schauten starr vor sich hin. Sie verbargen ihre innere Unruhe durch fortwährende Bewegungslosigkeit. Sie machten den Eindruck, als erfüllten sie eine Plicht, über die zu urteilen ihnen das hohe Bewußtsein, das sie von den übergeordneten Interessen Frankreichs hatten, untersagte.
– Halten Sie sich bereit und begeben Sie sich an meine rechte Seite, wenn Ihr Name aufgerufen wird, sagte der Deutsche, als spräche er zu Männern, deren Mut, wie schändlich auch immer ihr Verhalten gewesen sein mochte, nicht zu bezweifeln war.
Da niemand Haltung angenommen hatte, fügte er hinzu: »Stillgestanden.« Er wollte den Anschein erwecken, als liefe der Mord, der da vorbereitet wurde, nach den normalen Regeln ab. Die Häftlinge gehorchten. Zwei von ihnen waren noch nie Soldaten gewesen und stellten sich unbeholfen an.
– Bouc Maurice, begann der deutsche Offizier.
– Poupet Raoul.
– Grunbaum David.
In diesem Augenblick ereignete sich etwas Ungewöhnliches. Nachdem der Deutsche den Namen Grunbaum ausgesprochen hatte, wandte er sich leicht ab, spuckte auf den

Boden und murmelte dabei mehrfach »*pfui, pfui*«, freilich auf eine Weise, daß allen sichtbar wurde, daß er nicht im Sinn hatte, öffentlich seinen Ekel vor Juden zu bekunden, sondern sich abergläubisch vor einer Verunreinigung schützen wollte.

– De Courcieux Jean.

– Bridet Joseph.

Bridet erfaßte ein Schwindel. Lediglich sein Name war ausgesprochen worden, und doch war alles zu Ende.

Die Geiseln wurden in einen extra für sie vorbereiteten Bau geführt. Dort befanden sich schon andere. Sie sangen. Beim Eintritt der Neuankömmlinge brachen sie ab und beschimpften die Wachen. Der bevorstehende Tod hatte sie von aller Furcht befreit. Nachdem die Tür wieder geschlossen war, begannen sie erneut zu singen, und die Neuankömmlinge setzten mit ein. Obwohl ihm die Kehle zugeschnürt war, sang auch Bridet. Bald brachen sie ab. In kleinen Gruppen wurde getuschelt. Es war unmöglich, daß man sie hinrichtete. Hauptmann Lepelletier hatte Schritte unternommen. Seit zwei Tagen hatte ihn niemand mehr gesehen. Hoffnungen flackerten auf. Dieser Hochstimmung folgte tiefe Niedergeschlagenheit. Jetzt sprach niemand mehr. Alle schrieben. Bridet als einziger schrieb nicht. Er hatte keine Kraft mehr dazu, ebensowenig wie zum Singen. Doch wider Willen mußte getan werden, was alle taten.

»Liebe Yolande«, begann er. »Ich werde gleich erschossen.« Er brach ab, entsetzt über das, was er gerade geschrieben hatte. Einige Minuten später, da seine Nachbarn weiterhin schrieben, fuhr er fort: »Ich küsse dich von ganzem Herzen. Du weißt, daß ich dich sehr geliebt habe. Ich hätte dich so gern wiedergesehen.« Bedächtig schrieb er die

Worte hin, dachte dabei an Yolande, daran, was er für sie empfand. Doch unablässig stand ihm der Tod vor Augen, und er mußte aufhören. Er verstand nicht mehr, warum er schrieb. »Gib meine Bücher meinem Bruder, wenn er entlassen ist. Du kannst natürlich die behalten, die du möchtest. Besuche meine Mutter. Sag ihr nicht, was mir zugestoßen ist. Liebling, ich umarme dich noch einmal. Es lebe Frankreich, und du, Yolande, sei glücklich.«
Er begann zu weinen. Was er schrieb, war so wenig im Verhältnis zu dem, was er hätte sagen können, wenn er nicht hätte sterben müssen. Mochte er Yolande auch lieben wie sonst nichts auf der Welt, er konnte es ihr nicht mehr sagen. Er schrieb noch: »Ich liebe dich, ich liebe dich«, wie ein Kind unter einem Brief.
Dann erhob er sich, trat zu einem rothaarigen jungen Mann mit Sommersprossen um die Augen. Er war ihm sofort sympathisch gewesen. Der junge Mann saß da, die Arme zwischen den Beinen hängend, vollkommen gleichgültig gegenüber dem, was um ihn herum geschah. Bridet ergriff eine Hand. Dieser Kontakt war wie kühles Wasser an die Schläfen. So erschossen zu werden, diese Hand haltend, wäre weniger grausam. Aber man würde glauben, sie hätten Angst. Man würde ihnen sagen, daß sie wie Männer sterben sollten. Bridet ließ die Hand los.
Um drei Uhr hielt der Pfarrer von Venoix seinen Einzug im Lager. Er wurde begleitet von deutschen Offizieren, Personen in Zivil und einem Hauptmann der Gendarmerie. Sie gingen bedächtig, wie um der Exekution den Charakter der Übereilung zu nehmen, die etwas Barbarisches gehabt hätte. Aber man spürte, daß sie in Eile waren und im tiefsten Innern nur einen Gedanken hatten: es so schnell wie möglich hinter sich zu bringen.

Um vier Uhr zehn wurden die Geiseln vor den Büros versammelt. Etwas weiter entfernt rangierte ein Lastwagen, um sich in Richtung Straße zu stellen. Dabei stand ihm ein anderer Lastwagen im Weg, dessen Motor nicht anspringen wollte. Die Deutschen waren emsig am Werk. Die kleine Panne schien zu reichen, um sie den Grund ihrer Anwesenheit vergessen zu lassen. Mehr war nicht nötig, um wieder ein wenig Hoffnung aufkommen zu lassen. »Gehen Sie zurück«, sagten sie zu den Geiseln. »Sollen wir mit anpakken?« schrie einer von ihnen, wobei er versuchte, scherzhaft zu klingen, aber in seiner Stimme war etwas so Tragisches, daß keiner ihn zu verstehen schien.

Bridet war unter den Geiseln, aber unauffällig, wie ein Fremder, nicht so in Sicht wie jene, die fortwährend zu singen anfingen, ohne ihr Lied je zu Ende zu bringen, oder jene, die manchmal aus der Gruppe ausbrachen und zu gestikulieren begannen, an die Gerechtigkeit der Menschen appellierten, irgendeinen Vorfall zu provozieren suchten, aufgrund dessen sie begnadigt würden. Er war hinten, aber es war nicht mehr wie im Gymnasium oder beim Militär. Mochte er auch hinten sein, vergessen wurde er nicht.

Man schritt zu einem Appell. Der Zufall wollte es, daß der Name Bridet zuletzt aufgerufen wurde, und solange, wie diese Formalität dauerte, konnte er hoffen, daß man ihn nicht aufrufen würde, daß im letzten Moment ein juristisches Hindernis aufgetreten war (die Tatsache, daß man ihn als Geisel bestimmt hatte, obwohl er von Rechts wegen nicht mehr zu den Insassen zu zählen war).

Obwohl man ihm half, mußte er sich, um auf den Lastwagen zu steigen, richtig anstrengen. Bridet hatte einen Schwächeanfall. Seine Kameraden zogen ihn hoch. Während der Fahrt rissen ihn die Wagenstöße aus seiner Ohn-

macht. Das Wetter war prächtig. Bridet schaute in die Sonne, ohne daß ihm die Augen schmerzten. War das der bevorstehende Tod? Aber diese Sonne erschien ihm so unglaublich lebendig am blauen Himmel, und ihre Strahlen wurden fortwährend länger und kürzer wie Flammen.
Bridet dachte, daß er ebensowenig die Kraft haben würde, vom Lastwagen zu steigen, wie zuvor, hinaufzuklettern. In diesem Augenblick schoß ihm ein außergewöhnlicher Gedanke durch den Kopf, einer jener einfachen Gedanken, die, je nachdem, was wir von uns selbst hineinlegen, genial oder bedeutungslos erscheinen. Er gab ihm seine Kraft zurück. Dieser Gedanke war, daß er, was immer er tun mochte, dem Tod nicht mehr entgehen und, da er sterben mußte, genausogut mutig sterben konnte.
Und dies tat er.

Am nächsten Morgen legten Frauen aus Venoix Blumen auf die Gräber. Sie kamen am Abend wieder, dann an den folgenden Tagen, und immer zahlreicher. Bald verschwanden die Gräber unter den Blumen. Die Deutschen ließen es geschehen. Aber da diese Demonstrationen einen feindlichen Charakter annahmen, da sie nicht mehr durch das Angedenken diktiert schienen, sondern durch den Willen zur Provokation, erging durch die Präfektur der Befehl, sie zu unterbinden. Am Eingang des Friedhofs wurden zwei Gendarme postiert. Die Frauen versuchten dennoch, einzudringen. Die Polizisten schoben sie sanft weg, ermahnten sie gutmütig zur Ruhe, was unter den gegebenen Umständen nicht sehr feinfühlig klang: »Nun gehen Sie, regen Sie sich nicht auf, werte Damen, gehen Sie, seien Sie nicht so störrisch, Sie haben zu Hause Besseres zu tun.« Als sie einige Schritte entfernt bewegungslos verharrten, drehte sich einer der

Gendarmen zum Friedhof um, betrachtete die Gräber mit der Miene dessen, der angesichts des Schicksals nichts vermag, und sagte dann: »Sie sehen doch, es ist vorbei. Was immer Sie tun, es ändert nichts an ihrem Los. Also, meine Damen, gehen Sie nach Hause.« Und der zweite Gendarm fügte hinzu: »Das war doch schon vor sechs Tagen«, mit einer Geste, die sagen sollte, das Leben geht weiter.
In diesem Augenblick löste sich eine Frau aus der Gruppe. Sie hatte ein mageres Gesicht und schöne blaue Augen. Sie war groß und ein wenig gebeugt. Sie trug ein schwarzes Stricktuch um die Schulter. Sie ging auf die beiden Gendarmen zu. Plötzlich, wie von einem Anfall gepackt, schwang sie ihre Fäuste und schlug auf die Gendarmen ein wie gegen eine Mauer. Dabei stampfte sie mit den Füßen. Sie versuchten, sie zu bändigen. Völlig die Kontrolle verlierend, zerrte sie nun an ihren Gurten, an den Riemen ihrer Karabiner, an den Sturmbändern ihrer Helme, kratzte sie, trat mit den Füßen auf sie ein. Und schrie dabei: »Mörder, Mörder.«

Anmerkung des Verfassers

Die Papiere Joseph Bridets, nach seinem Tode von seinen Freunden da und dort zusammengesucht, sind von bedingtem Interesse. Sollte jedoch die Veröffentlichung einer neuen Ausgabe dieses Buches anstehen, werden wir sie als Anhang beifügen.

Hier die Liste:

1. Sieben Gedichte, geschrieben zwischen 1935 und 1939.
2. Einige hastig und in längeren Abständen niedergeschriebene Notizen aus dem Gefängnis. Bridet war sich deutlich bewußt, daß er Stunden durchlebte, deren Erinnerung unbedingt zu überliefern war. Doch hat er entweder aufgrund der Angst, die an ihm nagte, oder aus Gleichgültigkeit immer wieder abgebrochen.
3. Die Reportagen, die seinerzeit mit Erlaubnis seiner Chefredakteure namentlich gekennzeichnet erschienen. Darunter ist eine, die allem Anschein nach einen ergreifenden Vergleich zu ziehen erlaubt. Es handelt sich um jene, in der von der Vollstreckung eines Todesurteils berichtet wird. Doch Bridet hatte sie, um zu glänzen, in einem derart künstlichen Stil verfaßt, daß kein einziger Satz zu finden ist, aus dem sich – wie sonst aus den Worten oder Schriften derer, die nicht mehr unter den Lebenden weilen – eine bislang verborgene Bedeutung herauslesen läßt.
4. Zwei Briefe Bassons aus London, geschrieben, nachdem Bridet erschossen worden war. Sie sind durchsetzt mit englischen Worten der Freundschaft. Wenn man das klägliche Ende des Adressaten kennt, hinterlassen sie einen peinlichen Eindruck. Basson spricht von den Gefahren, denen er entronnen ist, mit einem Selbstvertrauen und einer Großspurigkeit, die schockieren. Und am unangenehmsten ist

dabei vielleicht, daß ihm in keinem Augenblick in den Sinn kommt, daß seinem in Frankreich gebliebenen Freund etwas zugestoßen sein könnte.

5. Ein gerührter Brief von Outhenin an Yolande, geschrieben wenige Tage nach Bridets Tod, der folgendermaßen beginnt: »Eben erfuhr ich von dem schrecklichen Unglück, das Sie getroffen hat ...«

6. Ein Brief Yolandes an ihre Schwägerin, Mademoiselle Laveyssère, in dem sie, unter dem Vorwand, sich in einem Gewissenskonflikt zu befinden, anfragt, ob sie trotz des Verbots ihres Mannes die Mutter, Madame Bridet, benachrichtigen solle oder nicht.

7. Ein Brief letzterer an Yolande. Dieser Brief einer unglücklichen alten Frau, der man gerade den tragischen Tod ihres Sohns mitgeteilt hat, ist außergewöhnlich. Madame Bridet bekundet weder Überraschung noch Verzweiflung. Sie spricht von ihrem Sohn wie von einem Fremden, und plötzlich, am Ende, fordert sie, ihn zu rächen.

8. Der Brief, den der Leser bereits kennt, geschrieben von Bridet an seine Frau kurz bevor er starb, der jedoch, bevor er ihr ausgehändigt wurde, durch französische und deutsche Stempel einen offiziellen Charakter bekam, so als hätten die Anstifter des Mordes selbstredend vollkommen legal gehandelt.

9. Eine Notiz, datiert vom 15. Januar 1941, mit Bleistift vom Innenminister auf Papier mit dem Briefkopf des Ministeriums geschrieben, die etwa drei Monate nach der Hinrichtung ihres Mannes Yolande unter ziemlich mysteriösen Umständen übergeben wurde. Diese Notiz ist an Monsieur Saussier adressiert. Darin wird ersucht, die Affäre Bridet »ruhen« zu lassen. Das Wort »ruhen« ist unterstrichen. Diese Notiz war bei der Concierge in der Rue Demours

kommentarlos von einem Unbekannten, auf den niemand geachtet hatte, hinterlegt worden.

10. Ein Brief von einem deutschen Amt für das Verlagswesen in Paris, datiert März 1943 und adressiert an Yolande. Dazu müssen wir kurz zurückgreifen. Yolande hatte kurz nach dem Drama von Venoix die Gedichte und Artikel ihres Mannes (aus Vorsicht hatte sie die Gefängnisnotizen und Briefe beiseite gelassen) in einer Broschüre gesammelt und unter dem Titel »Schriften von Joseph Bridet (1908-1941), gestorben für Frankreich« illegal veröffentlicht.

Der deutsche Beamte, der Yolande schrieb, fragte an, warum sie sich die Mühe gemacht und eine Broschüre insgeheim publiziert habe, die durchaus in aller Öffentlichkeit hätte erscheinen können und in der es nichts zu beanstanden gebe, das für Deutschland beleidigend wäre. Er schloß ziemlich schwerfällig mit den Worten, daß es nicht zu den Gewohnheiten seiner Landsleute gehöre, eine Äußerung zu verbieten, deren Ziel es – ohne politischen Hintergedanken – sei, die Erinnerung an einen Toten zu verewigen.

Bibliothek Suhrkamp

Verzeichnis der letzten Nummern

990 Samuel Joseph Agnon, Der Verstoßene
991 Janet Frame, Wenn Eulen schrein
992 Paul Valéry, Gedichte
995 Patrick Modiano, Eine Jugend
997 Thomas Bernhard, Heldenplatz
998 Hans Blumenberg, Matthäuspassion
999 Julio Cortázar, Der Verfolger
1000 Samuel Beckett, Mehr Prügel als Flügel
1001 Peter Handke, Die Wiederholung
1002 Else Lasker-Schüler, Arthur Aronymus
1003 Heimito von Doderer, Die erleuchteten Fenster
1004 Hans-Georg Gadamer, Das Erbe Europas
1005 Hans Jonas, Das Prinzip Verantwortung
1007 Juan Carlos Onetti, Der Schacht
1008 E. M. Cioran, Auf den Gipfeln der Verzweiflung
1009 Marina Zwetajewa, Ein gefangener Geist
1012 Hermann Broch, Die Schuldlosen
1013 Benito Pérez Galdós, Tristana
1014 Conrad Aiken, Fremder Mond
1015 Max Frisch, Tagebuch 1966–1971
1016 Catherine Colomb, Zeit der Engel
1017 Georges Dumézil, Der schwarze Mönch in Varennes
1018 Peter Huchel, Gedichte
1019 Gesualdo Bufalino, Das Pesthaus
1020 Konstantinos Kavafis, Um zu bleiben
1021 André du Bouchet, Vakante Glut / Dans la chaleur vacante
1022 Rainer Maria Rilke, Briefe an einen jungen Dichter
1023 René Char, Lob einer Verdächtigen / Eloge d'une Soupconnée
1024 Cees Nooteboom, Ein Lied von Schein und Sein
1025 Gerhart Hauptmann, Das Meerwunder
1026 Juan Benet, Ein Grabmal / Numa
1027 Samuel Beckett, Der Verwaiser / Le dépeupleur / The Lost Ones
1028 Ulrich Plenzdorf, Die neuen Leiden des jungen W.
1029 Bernard Shaw, Die Abenteuer des schwarzen Mädchens ...
1030 Francis Ponge, Texte zur Kunst
1031 Tankred Dorst, Klaras Mutter
1032 Robert Graves, Das kühle Netz / The Cool Web
1033 Alain Robbe-Grillet, Die Radiergummis
1034 Robert Musil, Vereinigungen
1035 Virgilio Piñera, Kleine Manöver
1036 Kazimierz Brandys, Die Art zu leben
1037 Karl Krolow, Meine Gedichte
1038 Leonid Andrejew, Die sieben Gehenkten
1039 Volker Braun, Der Stoff zum Leben 1-3
1040 Samuel Beckett, Warten auf Godot

1041 Alejo Carpentier, Die Hetzjagd
1042 Nicolas Born, Gedichte
1043 Maurice Blanchot, Das Todesurteil
1044 D. H. Lawrence, Der Mann, der Inseln liebte
1045 Jurek Becker, Der Boxer
1046 E. M. Cioran, Das Buch der Täuschungen
1047 Federico García Lorca, Diwan des Tamarit / Diván
1048 Friederike Mayröcker, Das Herzzerreißende der Dinge
1049 Pedro Salinas, Gedichte / Poemas
1050 Jürg Federspiel, Museum des Hasses
1051 Silvina Ocampo, Die Furie
1052 Alexander Blok, Gedichte
1053 Raymond Queneau, Stilübungen
1054 Dolf Sternberger, Figuren der Fabel
1055 Gertrude Stein, Q. E. D.
1056 Mercè Rodoreda, Aloma
1057 Marina Zwetajewa, Phoenix
1058 Thomas Bernhard, In der Höhe, Rettungsversuch, Unsinn
1059 Jorge Ibargüengoitia, Die toten Frauen
1060 Henry de Montherlant, Moustique
1061 Carlo Emilio Gadda, An einen brüderlichen Freund
1062 Karl Kraus, Pro domo et mundo
1063 Sandor Weöres, Der von Ungern
1064 Ernst Penzoldt, Der arme Chatterton
1065 Giorgos Seferis, Alles voller Götter
1066 Horst Krüger, Das zerbrochene Haus
1067 Alain, Die Kunst sich und andere zu erkennen
1068 Rainer Maria Rilke, Bücher Theater Kunst
1069 Claude Ollier, Bildstörung
1070 Jörg Steiner, Schnee bis in die Niederungen
1071 Norbert Elias, Mozart
1072 Louis Aragon, Libertinage
1073 Gabriele d'Annunzio, Der Kamerad mit den wimpernlosen Augen
1075 Max Frisch, Biedermann und die Brandstifter
1076 Willy Kyrklund, Vom Guten
1077 Jannis Ritsos, Gedichte
1079 Max Dauthendey, Lingam
1080 Alexej Remisow, Gang auf Simsen
1082 Octavio Paz, Adler oder Sonne?
1083 René Crevel, Seid ihr verrückt?
1084 Robert Pinget, Passacaglia
1085 Wolfgang Koeppen, Eine unglückliche Liebe
1086 Mario Vargas Llosa, Lob der Stiefmutter
1087 Marguerite Duras, Im Sommer abends um halb elf
1088 Joseph Conrad, Herz der Finsternis
1090 Czesław Miłosz, Gedichte
1091 Karl Kraus, Die letzten Tage der Menschheit
1092 Jean Giono, Der Deserteur
1093 Michel Butor, Die Wörter in der Malerei
1094 Konstantin Waginow, Auf der Suche nach dem Gesang der Nachtigall

1095 Max Frisch, Fragebogen
1096 Carlo Emilio Gadda, Die Liebe zur Mechanik
1097 Bohumil Hrabal, Die Katze Autitschko
1098 Hans Mayer, Frisch und Dürrenmatt
1099 Isabel Allende, Eine Rache und andere Geschichten
1100 Wolfgang Hildesheimer, Mitteilungen an Max
1101 Paul Valéry, Über Mallarmé
1102 Marie Nimier, Die Giraffe
1103 Gennadij Ajgi, Beginn der Lichtung
1104 Jorge Ibargüengoitia, Augustblitze
1105 Silvio D'Arzo, Des andern Haus
1106 Werner Koch, Altes Kloster
1107 Gesualdo Bufalino, Der Ingenieur von Babel
1108 Manuel Puig, Der Kuß der Spinnenfrau
1109 Marieluise Fleißer, Das Mädchen Yella
1110 Raymond Queneau, Ein strenger Winter
1111 Gershom Scholem, Judaica 5
1112 Jürgen Becker, Beispielweise am Wannsee
1113 Eduardo Mendoza, Das Geheimnis der verhexten Krypta
1114 Wolfgang Hildesheimer, Paradies der falschen Vögel
1115 Guillaume Apollinaire, Die sitzende Frau
1116 Paul Nizon, Canto
1117 Guido Morselli, Dissipatio humani generis
1118 Karl Kraus, Nachts
1119 Juan Carlos Onetti, Der Tod und das Mädchen
1120 Thomas Bernhard, Alte Meister
1121 Willem Elsschot, Villa des Roses
1122 Juan Goytisolo, Landschaften nach der Schlacht
1123 Sascha Sokolow, Die Schule der Dummen
1124 Bohumil Hrabal, Leben ohne Smoking
1125 Peter Bichsel, Eigentlich möchte Frau Blum den Milchmann kennenlernen
1126 Guido Ceronetti, Teegedanken
1127 Adolf Muschg, Noch ein Wunsch
1128 Forugh Farrochsad, Jene Tage
1129 Julio Cortázar, Unzeiten
1130 Gesualdo Bufalino, Die Lügen der Nacht
1131 Richard Ellmann, Vier Dubliner - Wilde, Yeats, Joyce und Beckett
1132 Gerard Reve, Der vierte Mann
1133 Mercè Rodoreda, Auf der Plaça del Diamant
1134 Francis Ponge, Die Seife
1135 Hans-Georg Gadamer, Über die Verborgenheit der Gesundheit
1136 Wolfgang Hildesheimer, Mozart
1138 Max Frisch, Stich-Worte
1139 Bohumil Hrabal, Ich habe den englischen König bedient
1141 Cees Nooteboom, Die folgende Geschichte
1142 Hermann Hesse, Musik
1143 Paul Celan, Lichtzwang
1144 Isabel Allende, Geschenk für eine Braut
1145 Thomas Bernhard, Frost
1146 Katherine Mansfield, Glück

1147 Giorgos Seferis, Sechs Nächte auf der Akropolis
1148 Gershom Scholem, Alchemie und Kabbala
1149 Max Dauthendey, Die acht Gesichter am Biwasee
1150 Julio Cortázar, Alle lieben Glenda
1151 Isaak Babel, Die Reiterarmee
1152 Hermann Broch, Barbara
1154 Juan Benet, Der Turmbau zu Babel
1155 Bertolt Brecht, Die Dreigroschenoper
1156 Józef Wittlin, Mein Lemberg
1157 Bohumil Hrabal, Reise nach Sondervorschrift
1158 Tankred Dorst, Fernando Krapp hat mir diesen Brief geschrieben
1159 Mori Ōgai, Die Tänzerin
1160 Hans Jonas, Gedanken über Gott
1161 Bertolt Brecht, Gedichte über die Liebe
1162 Clarice Lispector, Aqua viva
1163 Samuel Beckett, Der Ausgestoßene
1164 Friedrike Mayröcker, Das Licht in der Landschaft
1165 Yasunari Kawabata, Die schlafenden Schönen
1166 Marcel Proust, Tage des Lesens
1167 Peter Weiss, Die Verfolgung und Ermordung Jean Paul Marats
1169 Alain Robbe-Grillet, Die blaue Villa in Hongkong
1170 Dolf Sternberger, ›Ich wünschte ein Bürger zu sein‹
1171 Herman Bang, Die vier Teufel
1172 Paul Valéry, Windstriche
1173 Peter Handke, Die Stunde da wir nichts voneinander wußten
1175 Juan Carlos Onetti, Abschiede
1176 Elisabeth Langgässer, Das Labyrinth
1177 E. M. Cioran, Syllogismen der Bitterkeit
1178 Kenzaburo Oe, Der Fang
1179 Peter Bichsel, Zur Stadt Paris
1180 Zbigniew Herbert, Der Tulpen bitterer Duft
1181 Martin Walser, Ohne einander
1182 Jean Paulhan, Der beflissene Soldat
1183 Rudyard Kipling, Die beste Geschichte der Welt
1184 Elizabeth von Arnim, Der Garten der Kindheit
1185 Marcel Proust, Eine Liebe Swanns
1186 Friedrich Cramer, Gratwanderungen
1187 Juan Goytisolo, Rückforderung des Conde don Julián
1188 Adolfo Bioy Casares, Abenteuer eines Fotografen
1189 Cees Nooteboom, Der Buddha hinter dem Bretterzaun
1190 Gesualdo Bufalino, Mit blinden Argusaugen
1191 Paul Valéry, Monsieur Teste
1192 Harry Mulisch, Das steinerne Brautbett
1193 John Cage, Silence
1194 Antonia S. Byatt, Zucker
1195 Claude Lévi-Strauss, Mythos und Bedeutung
1198 Tschingis Aitmatow, Der weiße Dampfer
1199 Gertrud Kolmar, Susanna
1201 E. M. Cioran, Gedankendämmerung
1202 Gesualdo Bufalino, Klare Verhältnisse

Bibliothek Suhrkamp

Alphabetisches Verzeichnis